U0938423

人・情・味

羅國洪　朱少璋　主編

匯智出版

人・情・味

主　　編：羅國洪　朱少璋

封面設計：洪清淇

出　　版：匯智出版有限公司
香港九龍尖沙咀赫德道2A首邦行8樓803室
電話：2390 0605　傳真：2142 3161
網址：http://www.ip.com.hk

發　　行：聯合新零售（香港）有限公司
香港新界荃灣德士古道220-248號荃灣工業中心16樓
電話：2150 2100　傳真：2713 4675

印　　刷：陽光印刷製本廠

版　　次：2023 年 7 月初版
2024 年 9 月第二版
2025 年 6 月第三版

國際書號：978-988-76911-7-4

謹以本書紀念

匯智出版成立二十五周年

前言

二十五年的人情味

自2008年，「匯智」成立十周年出版了紀念文集《文學·十年》後，每五年出版一本紀念文集，已成慣例。2013年出版了《文學·香港》，2018年出版了《香港·人》，今年就出版了《人·情·味》。湊巧，把各書書名連起來看，頗有點「接龍」的意味。

以往的紀念文集，比較強調主題；是次主題以外，形式上也有突破。全書共分「人」、「情」、「味」三部分，由二十五位作者各選心儀的範疇，自擬題目。「人」的部分，既有寫名人學者、朋友同事，也有寫生活中遇到的奇人異客，各人物均刻畫細緻，如在目前；「情」的部分，則包括對親人之情、對物之情，乃至對社區之情，字淺情深，令人動容；而「味」的部分，百味紛陳，大家可嘗到小籠包、魚蛋粉、兩餸飯等有形之味，也有記憶中的無形之味，以至於無味之味。

這三部分合起來，就透出這本紀念文集的濃濃人情味。

人

回想二十五年前，「匯智」初創，聲譽未隆，找作者殊不容易。幸好，得到胡燕青老師、王良和先生等老師和前輩慷慨賜稿，加上好友如潘步釗兄、朱少璋兄拔刀相助，令我們能夠建立起「精點文庫」，為我們日後文學書的出版奠下良好的基礎。

其後，隨着時間的推移，累積了愈來愈多的作者。有些已認識的，通過出版上的合作，令感情更深；有些本來不認識的，因着出版結緣，漸漸也變成了朋友。所以，「匯智」二十五年，不但獲得不少好作品，也收穫了很多好作者、好朋友。

情

回顧過去，十分慶幸，我們與作者之間，一直保持良好的關係。對於每位作者，我們都盡心盡力做好他們交來的書稿，希望其作品得到讀者青睞。在彼此的合作中，我們期望作者能夠感受到我們的認真和誠意。很高興不少作者每當有新作，都會先接觸我們，打算把作品交予我們出版；這種對我們的信任，我們是非常感激的。

至於讀者，我們也希望通過我們出版的書籍，與他們建立感情的聯繫。曾經在書展的攤位上，有較年長的讀者拿着我們的書說：「我一直有買你們的書。」也有年輕的讀者表示：「我中學時在學校圖書館已常看『匯智』的書。」當時聽見，甚感欣慰。

事實上，每一位讀者購買和喜歡我們的書，都是對我們最大的鼓勵。

味

二十五年的出版路，是一條崎嶇難行的路；當中的酸甜苦辣，是百般滋味在心頭。

我們最初成立的一兩年，出版量不多，書籍銷量一般，收入僅可應付開支，艱苦經營，辛酸不足為外人道。千禧年時，適逢科網股熱潮，股市興旺，我們出版的財經書大受歡迎，為出版社積累了不少資本，加上其後出版的不同類型書籍，如哲學書、心理學書、商管書、文學書等，均有不俗銷路，令出版社的發展進入上升期；由 2000 年至 2009 年，是出版社的甜蜜歲月。但 2010 年以後，社會進入智能手機時代，社交媒體大盛，人們都專注影像多於文字，紙媒大受影響，我們的書籍在出版量和銷售量方面都持續下降，令出版社苦不堪言。2020 年，新冠肺炎在香港爆發，疫症一直延續了三年多；此段期間，對我們而言，更是雪上加霜，辣上加辣。

好不容易，才等到今年社會復常，但整體大環境是否很快好轉呢？出版業又是否會跟着復甦呢？暫未可知。但無論如何，我們仍抱着一貫的宗旨：努力做好每本書。

結語

最後，要感謝本書的二十五位作者，他們在百忙中仍抽空為本文集撰文，有他們的佳作，本文集才能成書。另外，亦要感謝本書另一位主編朱少璋兄，他不但是作者之一，還不遺餘力，幫忙審讀各篇文章，並給予寶貴意見，為本文集的出版勞心勞力，在此向他表示深深的謝意。

當然，也不會忘記感謝一向以來支持「匯智」的作者和讀者。他們對「匯智」的愛護，讓我們更有力量向前行，在困難中繼續奮進。

希望大家喜歡這本文集；期望在三十周年紀念文集，與大家再見！

羅國洪 謹識

2023 年 7 月

目錄

輯三　味

輯一
人

28K「賠率」

——三寫異能司機

王良和

離遠看見街市外停着上客的小巴，紅色路線牌，應是28K，連忙加快步伐，揮着手，晃着幾乎發出熱切喊聲的背囊直奔過去。但小巴還是開了，迎我而來。明明看見我追車卻不等我！心裏嘀咕，小巴忽然在我的左邊慢下來，開門。心花怒放，輕輕躍到車上，即時被一把響亮的聲音撞得站立不穩，幾乎跌倒：「嘩！你這樣衝過來，我真怕把你撞散！」我暈暈懵懵的走到最後排的單人位，坐下，才回過神來，似曾相識的聲音和語氣，異能！

很久沒坐這條路線的小巴，幾乎忘了他。記憶中這個自視記憶力超乎常人的司機，總是自言自語自誇。可是有一次，他聽不到「busstop（有落）」；領着穿小學校服少主的菲傭，眼睜睜看着小巴飛馳，越過松濤閣，在下一站下車時回過頭來，狠狠瞪了異能一眼。他有點委屈，大呼：「落車又不大聲講，你們說，是不是她不對？」沒有人搭嘴。又有一次，領着穿小學校服少主的菲傭（同一個人還是另一個人？），在小巴將到松濤閣時才說「有落」——當然過站，可是異能耳聰目明，及時停車。菲傭領着少主下車，有禮貌地回過頭來，輕聲說了一句「thank you」。車門關上，開車時，異能別過臉，望着她的背影，一臉不悅地自言自語：「thank thank thank, thank 你個頭。」音樂一樣充滿節奏感。印象中，他語氣最好的一次，是停車開門時，對着剛上車的少婦，熱情滿滿地說：「一見到你，就自動停車畀你；剛參加完香港小姐選美？」穿着淺藍上衣白長褲、化了妝、可能二十年前參加過香港小姐選舉、清瘦白皙的少婦上了車，不多話地坐在前排；異能卻是不停說着甜言，別過來笑着的臉也是甜的，小蜜蜂嗡嗡嗡。高貴的少婦很快下車，我望着異能的臉從左邊轉到右邊，望着她橫過馬路，走向一排排別墅的雍怡雅苑。我覺得自己擺明暗笑，眼前浮現一張我不認識的女人的臉——她拿着藤條，「狼狼」地睥着嘴角甜到漏蜜的他。

很久沒坐這條路線的小巴了，今天有緣坐上了他的車，像參加甚麼有獎嘉年華會，氣氛異常輕鬆，令人期待。他又來了：「如你說了在黃宜坳落，而我唔記得停車，我就給你一百。但他拿到的機會還難過中六合彩，難到飛起！後面個靚姐今天用了另一張卡，多給了三蚊，我都記得（後面的靚姐搭嘴，一嘴無奈：「沒辦法！那三蚊給你啦，今日。」）。靚姐當然知道，但他們不認識我，不知道我厲害。哼，黃宜坳有五個人落，上到翡翠才給他們落，就罰我五百；但我正一正在黃宜坳給五個人落了，你伸隻手出來擺一百？我就擺枝藤條fit你囉。」接着，倒後鏡映出穿着青色T恤的異能：左手握軚盤，右手拿着空氣道具，手起手落，手落手起，充滿戲劇感、臨場感、動感地補一句：「fit！fit！擺吖嗱！」

我忍不住「kit」一聲笑了出來，前面的乘客「哈哈」笑了兩聲，滿車充滿快樂的氣氛。

他更來勁了，不知從哪裏掏出五張對摺的紙幣，別過臉，以秦王掃六合的氣勢「挑請」貼在他後面的乘客下賭注：「有本事你拎五蚊出來，我賠一百……我唔記得停，有五個落車，我就賠五百……。」那扇形展開的五張銀紙，就像「賭聖」手中大殺四方的煙屎同花順，光芒四射，刺得我目盲。而我，坐在最後，目盲至看不清那是真一百元銀紙還是道具銀紙。

到了黃宜坳，果然有幾個乘客下車，有心人一數，哈。前排一個女乘客捉到老貓，開腔燒他的鬚，笑着說：「得四個咋喎！」異能不慌不忙：「我只是說『大概』，咁準確咩……唔係咁計㗎嘛，總之我記得停就得啦！」想到異能有一次小孩子似的對着下了車的少女的背影說：「佢賴貓！佢賴貓！」我就禁不住陰陰嘴笑。我右邊的中年胖子，十五秒前才對由「好運中心」說到「祝你好運」的異能說：「你買六合彩啦，明天，一注中。」此刻自己像中了頭獎，樂得哈哈大笑。

車越開越順，大玻璃前，異能一身青衣，像一株朝氣勃勃的樹：「嗱，這裏有個人走出來，看到沒有？我睇住佢嚟啦，佢搭我就停囉。嗱，佢又走回去啦。」稍停兩秒，繼續：「我對眼不知幾犀利，記性又犀利，耳仔又犀利。」全車靜默，只有引擎發動、座椅顫動突突顛顛的聲音。心裏正不忍，沒有觀眾回應，異能會感到寂寞的。沒辦法，他只好在幾個乘客下車後，加大敍述描繪的力度：「咁少人落車我都唔開心，最好通通落車，我最開心。你們不知道行情，我冚唪呤知道晒，上到翡翠個地盤，爭住上車的人擒到上車頂，五點放工吖嘛，去埋廁所，洗埋手，換埋件衫，五點三就落到嚟囉。」果然，到了翡翠花園的小巴站，大半人下了車，很多人上車，更多排隊的人未能上車。滿載乘客的 28K 不停站了，直飛；心想，異能可能乘勢踩油，小巴又快又飄，天黑前，讓心慌慌的我蹦出一句：真倒霉，怎麼又搭上他的死人車！但這回異能倒是「穩重」，車速正正常常。

我快到站下車時，異能又發作了：「你哋唔知道，幾多乘客多謝我，話我總係提醒佢哋落車，呢條小巴線有我真好！又讚我記憶力驚人，十個人都冇一個。哼，係一巴仙都冇！」車門開時，只見他，仍「吹水唔抹嘴」；而我——微笑，從從容容下車，有點意猶未盡——今宵人惜別，28K 將泊於何處？

這是我認識的香港、香港的一道人間風景。車來車往，有人上車，有人下車，燈火樓台，人影幢幢。回頭望一望把我平安送到家門口的異能；偶開天眼，朦朦朧朧，光影迷離。南瓜車，輝煌的舞會，十二點的鐘聲。我抓着一隻玻璃鞋，四處張望——看見異能超世的貓巴士，顫動着六根貓鬚，對着我張口稚笑，車頂的路線牌急速轉動，從「28K」轉到「1988」，雙眼放出兩道黃光，在黑夜的樹林中，疾縱十爪扒撥，奮力飛馳，嚇得擋在前面密矗矗的樹木張大口，立馬向兩邊讓開。咻……咻……最神奇的時代，異能來了！而我也嚇得急閃，在後面笑着叮嚀：少說話啊，小心駕駛，願你—— 平安幸福。

這麼近，那麼遠
—— 與張國榮相遇

呂永佳

這一年，你將會正式踏上紅星之路。翌年，你會有一首歌叫〈風繼續吹〉。那時候，每一位香港人都開始知道你的名字。一直到 2003 年，你用盡全力發展自己的電影和歌唱事業，而且用一種獨特的方式，令所有香港人都不敢忘掉你。

這一年，我出生了。還未學懂任何語言，還未學懂叫爸爸媽媽。我在荔景山腰出生。潮濕大風，不像輕柔的風繼續吹。很多年後，我才會聽到〈風繼續吹〉。然而，你已經走了很遠的路，而我的路才剛剛開始。

1990 年我尚在念小學，愚鈍的我不可能知道沒有腳的雀仔，有一分鐘會飛過我的天空。震撼我的還是你一直在找「醉生夢死」的忘情酒。你說：「如果你不想被拒絕，最好的辦法就是先拒絕別人。」明明說的是忘，偏偏死死的記住。

1990 年我像蓄勢待發的獵人，要網住一切記憶，而你在遙遠的大漠，已警戒世人，忘才是療傷的藥。然而要在十三年後，我才知道有些人、有些歌、有些片段，會用一輩子的力量，記住它。

Will you remember me？一本又一本紀念冊飄揚在小學的課室裏。「不要忘記我」、「保持聯絡」、「萬里長城長又長，我倆友誼比它長。」三十年後的今天，大家都在哪兒呢？雖然還在香港這個地方，但好像早成為陌生人了。所謂小學同學，不過是萍水相逢的陪伴者。為甚麼會把友誼放得這麼大，像整個世界一樣。小六的時候，那些單薄的情感不過像蟬翼般透明和脆薄。高中時，在告白的公園裏，木棉樹下，孩童的笑聲點綴青春，如果你卸下靦腆，鼓起勇氣問：如果有一天我們升到不同的大學，你還會記得我嗎？還是所謂人生，竟要由零開始。不過你不必着急，總有一天你會明白，如果你身邊的是一個不想擁抱你的人，無論你用盡氣力，都不能捉住他。

1993 年的故事，在很多年後讓我明白人生在歷史的大手前，是可以無能為力的。程蝶衣說：「我要跟你唱一輩子戲。少一年，一個月，一天，一個時辰，都不是一輩子！」說的是在歷史洪流中，一個人多渺小，但你還是強行把執着的愛情帶到你自己的世界。可惜，人不過是人，他說：「人縱有萬般能耐，終也敵不過天命。」你怎會知道呢？不必說一個人，一個城市都無法決定自己的命運。很多年後，城市和程蝶衣，都一起成為一個失語者。當你離開了我們的城市，街道上人河川流不息，突然他們沉默了，但眼睛閃着光，然而這些你都看不到。2023 年，這群失語者在邊境與邊境之間，急忙地追捕自己的聲音。

你應該不會忘記，性別迷失的一段路。家明愛上誰？小城大愛，沒有人可以說完全有百分百的把握對抗世俗的眼光。然而你說：「一追再追，只想追趕生命裏一分一秒，原來多麼可笑。」是的，在世俗、親友甚至自己的眼光中閃躲，用盡一切的力量掩藏，太可笑了。於是你在世紀末的一剎說：我就是我，是顏色不一樣的煙火。在世紀末的一刻，考進大學，我只知道成績，而不知道人的內心複雜善變。你像走在幻象處處的迷宮。我從不知道，我把自己剪碎，一份分給家人、一份分給考試、一份分給同學、一份分給情人，只有一小份留給自己。煮好的羅宋湯，分半碗給別人，湯的味道還是不會變的，但把自己分出去呢？那還會是自己嗎？為甚麼我的左手給了一個人，右手給了另一個人？我的臉像難以拼合的拼圖，但一切的心事只可以隱藏起來。世界太冷，原來早在 1994 年你便唱：模糊地迷戀你一場，就當風雨下潮漲。有心人，有心不被人看見，你默默承受難以得到、言明的愛，我彷彿聽到遠處深谷洞穴的真摯回聲，是的，只想讓自己一個人聽得見。

終於在 2010 年我博士畢業了。這時候真正的畢業不是得到學位、教席，而是我終於確切走進你的世界。但已遲了很多年，因為你選擇在 2003 年，城市最沉重的一刻，和這個城市一同沉下去。2023 年的我始終無法明白你的病，如何把深厚的感情，脆化成玻璃。原來勉強下去，我會憎你；原來你太累，及時地道別沒有罪。在學校裏，不是說只要努力，世界便會變好嗎？晚了七年，終於和你的作品走得最近，但卻真的離你很遠很遠。我終於明白到堅強的巨柱會有倒下的一剎；我終於明白到：你離開了，卻散落四周。何寶榮說：「當我站在瀑布前，覺得非常的難過，我總覺得，應該是兩個人站在這裏。」最光輝的人生，像一大片金色的平原，原來細看，一座又一座的墳早在不起眼的路邊堆疊起來。沒有人會刻意記着那些不可逆轉的傷感故事，人們只記得台前那光輝飛揚的你，如何顛倒眾生。可是你的孤獨，卻在光影之間，清晰地被我聽見。

時差滑行，但對生活之悟終會相遇。

秋天該很好，你若尚在場。然後我終於察覺死亡的輪廓。可以沒有預警，是突發的。死亡是甚麼呢？是不是碎掉的玻璃，難以重圓；是不是難收的覆水？還是一個由零開始的再生機會？我不知道。1997 年，你幽幽地說：不如我們從頭來過？很多年之後我才知道這句話的「不如」，其實是「不可」。一段愛情，會有盡頭；一個城市，未必可以回頭。我看着自己的人生，一點一點的在城市、愛與性別間逡巡。突然，我們都輕得像路過蜻蜓般，無力做夢，於是和夢一同死去，留下靈魂輕飄，看，我們的靈魂，終於飛起來。

人世匆匆，有甚麼可怕的

何福仁

西西2022年12月18日清晨離世，我們難過不捨，可並非太大的意外。15日入院時，醫生已說她心臟衰竭，親人商量，下一個決定吧。決定的結果，她要去，就讓她寧靜地去。他們也問我的意見。我極力反對，但每天看着她插了氧氣管，喉邊開了洞，當她真的離去，也不得不接受，不要受更多的苦痛。早幾年，曾有兩三次，半夜兩三點鐘，印傭來電，說大家姊要你快快來。我連忙趕去，然後再致電急救車。在車上知道會去哪一所醫院，馬上致電她的弟弟。因為倘要做手術，還得親人簽署。一夜，我見到她，她躺在床上，竟然對我說：我差不多了，是時候了。不！我答，還有大把日子！她總能逢凶化吉。她從不抱怨，但我知道，她一直受着疾病的折磨。

2019年，她從美國回來，本已不良於行，只能走很短很短的路；年底，再不行了，印傭就扶她離開輪椅，來回走十多二十步。她還是思想清明的，《欽天監》寫完了，可以讀讀校刊本；在紙上，在簿上，寫了不少詩。在寫作《欽天監》期間，她一直感覺眼睛不適，有一天突然眼前模糊，以為沒戴眼鏡，原來早就掛在鼻樑上，帶她去看眼科，醫生說是黃斑裂孔。手術很快，但復原期很漫長，必須低頭俯伏四五個月之久。她又撐過了，繼續校完《欽天監》，還寫了後記。

2020年，她午睡醒來，告訴我自己在船上，要回家去。為甚麼是船上，你不是在家裏麼？我在，一艘海盜船上。這分明就是一篇趣妙的小說的起句，裏面一定有好些有趣的念頭，但她再沒有說下去。另一次，她忽然問，坐在她對面的人是誰？然後問：阿芝呢？印傭答：我就坐在這裏，我就是阿芝。她年來睡得不好，經常睡得不好，不好就迷迷糊糊，不知身在何處，不認識人。深夜，阿芝偶爾會起來看看她。她會說：去睡吧，為甚麼還不睡。有時，她忽然會問：你是誰？我在哪裏？我要回家去。

醫生說，這是認知障礙。說起往事，她倒還清楚記得，我帶來旅行的照片，誤記了地點，她會糾正我。但認知障礙，再不好，會逐漸腦退化。所以我一進門，就問她，我是誰？她背向門，坐在輪椅上，聽聲音已會說：阿叔。說我是阿叔，許多年了，這是跟隨後輩的叫法。一次，我問她她沒有回答，坐到她面前，再問。她看着我，沒答。我很難過，連我也不認識了。然後，她說：「我詐家依唔認識你。」

2021年4月住院整整一個月，才知道她曾經中風，而且缺鈉缺鉀，嚴重營養不良。回來後，身體反而好了，但吞咽困難，需言語治療師幫助。言語治療的姑娘來了十多次，終於可以好好吃東西了，而且開始喜歡吃，早餐慣常吃麥片加蛋、麵包。她最喜歡吃麵包，分成小塊，塗一點蜜糖。好吃嗎？她會說：好吃，多謝，你也吃吧，一起吃。姪女探她時帶來好些不同的蛋糕，她每一樣都要試試。每天量度她的血壓、血糖，記錄起來，總是正常的。我囑咐印傭，每天早上起來，要問問她：大家姊，開心嗎？開心，很開心。有不舒服嗎？沒有，謝謝。阿芝照顧西西姊妹起居飲食八年，初來送走了妹妹。她自己的女兒在印尼讀書，由中學到大學。西西說到大學畢業時招呼她來港，看看母親工作多麼辛苦。西西不良於行後，對阿芝說，喜歡任何衣物，就拿吧，寄給女兒。阿芝高大，聰明，能幹，自己穿不來，果然就寄了一些回印尼。她也問問我，我說大家姊給你，就是你的。10月間天氣仍然很暖和，買了兩件短衣給西西，很喜歡，也要我買兩件給印傭：帶去，自己揀。樓上樓下住客都認識她。這一帶，住了許多長者。一次竟有不認識的女士向我查問，這印傭做得很好啊，可否介紹，或者她有些姊妹哩。我心裏吃驚。連忙加了她的薪酬，並且說，從5月開始，看護大家姊一年，額外給她三萬港元，兩年六萬，三年九萬。如是順推。我並不富有，全賴工作許多年的存積，不過無兒無女，兄姊早移民外國，自忖十年八年，也還是足以應付的。西西走後，阿芝好快另外找到東主，不過工作一月，就來電向我訴苦。我想，她沒可能找到比西西更好的僱主。有些人，一生難得一遇。

西西一般很少說話，即使年輕、健康的歲月。從醫院回來，她開始說話有時模糊不清。但我想，她的心思還是很細密的。她不說話，卻時而奇怪地要張口吱啞，睡覺時也張口，以為是肺有問題，氣量不足，看了老人科醫生，說肺沒有問題。疫症猖獗期間，為策安全，我們都打了四針復必泰，加上流感針，她完全沒不良反應。

2022 年初，藝術發展局要頒她終身成就獎，讓她不用上網接受獎座，也不用受訪。不過我覺得私下說幾句也好，請阿芝用我的手機，分兩次拍了給 Now 電視播出，一共四五分鐘。她的說話很清晰、周到，只是緩慢些，畢竟年事已高。這算是她最後的說話了。我從沒留神她的年齡，直到她在 2017 年到北京，攀上古觀象台，石階梯傾斜，沒有扶手，她竟不用我攙扶；問題在，還得走下來，那是更大的艱難，這次我走在前面，摸着左邊石牆，一步一歇。我算一下，原來她已經 80 歲了。她還提出要再去長城走走，我當然反對，說不是她不行，而是我走不了。

我習慣早上和下午四時左右去看她，晚飯後偶爾也去。早上有陽光，下樓曬曬太陽，在少人的地方，除下口罩，捲起衣袖。這時候，她是最精伶的，神色也變好。問她下午茶除了乳酪，還想吃甚麼，會買給她。她會説叉燒酥，會説各種各樣的甜品。都淺嘗而已，意思意思，因為對血糖不利。有時，她會説，由你決定吧。

西西離世，有媒體訪問，要我概括兩句，我想到的是：她首先是非常非常好的人，然後是作家中的作家。

追思會（2023 年 1 月 8 日）之後，我寫了一首短詩〈花圈〉：

她沿着圓圓的竹藤從容地走了一圈
一路編織菊花、白玫瑰、黄槐……
有無數發現，無限欣喜
也有哀愁，一點點
不然，就像壞了的寒暑表
度數固定，還有甚麼樂趣呢
她回到了起點了
我們一時跟不上
捨不得也只好説再見
然後深切地懷念

以延長的方式喚你的名字

陳志堅

紫丁香的氣味馥郁飄至，才知道限定節期又到了，也就是，她在這裏的日子又倒數一年。我和李淑敏相識已是第十七個年頭，在仍未有過度依存時，我原以為彼此只屬工作相交而已，如今她與我有如親姊弟般彼此相待，恍若是平行時空下的赤地相交。

我們都說淑敏不是中國正統，像混血。眼目渾圓靈動，輪廓深邃分明，外形標準討好，說話清晰有理。據外表看來，她的性情肯定開朗率直，事實亦如是。無論對待何人，她都會掛着笑臉。自古人緣好壞不受年齡所限，有些人自是討喜，而她就是這樣的人。

這些年裏，學校上下，每當淑敏走近，就會聽見有人以延長的方式叫喚她的名字，在學校裏這似乎已形成文化。名字本來自有它的意義。中學時期有兩兄弟取名「統一」和「山河」，意思顯然易見；有人取名約晧，屬信仰意涵，在於天，是守神的約，在於地，乃明光照耀；而「淑」也者，《說文》:「淑，清湛也，從水叔聲。」「敏」也者，《說文》:「疾也，从攴每聲。」品格上，「淑」有清湛的意思，也引伸為賢淑之意；處事上，「敏」有疾速之意，具高效、切合時勢所需的含義。然而，也不管是父母期許還是自我制約，反正她從來待人也沒甚麼掩飾，表裏如一，人如其名。

可以說，這個世上有些人自有獨特的親切感，我和淑敏曾在不同的工作場域中辦事，無論是怎樣性情的人因事起爭論，只要淑敏說幾句，大家不自覺地就會聽她的，然後情緒瞬間消退，又回復平靜的對話。於是，我開始領略到一種狀態，一種叫人與人和諧的狀態，在興風作浪的人際糾結事，她就像一艘救生艇，只要以延長的方式喚她的名字，有淑敏到來，萬大事好辦。

說來她與我一直在工作上是從屬關係，或者說她一直在替我工作。工作是契約，學校大小事項，若要辦得稱心，各方滿意，有時也得熟練與懂得應變。比方學校有次打算籌辦營會，營期四天三夜，自是沒有多少人樂意負責，就在眾人目光反覆來回、支吾以對之際，淑敏二話不說，以輕緩的微聲表示，營會可由她一手包辦，所有人看着她，突然又以延長的方式喚她的名字，想感謝又滿是腆顏，反正鬆一口氣。殊不知營會將至，上司諸多要求，例如說重視美學，所有簡報必先美化，恰巧淑敏不是懂電腦的人，但所謂學無前後，她隨即聯繫後進請益，一夜之間，學有所成，把所有簡報獨自修好，誰說不厲害。

厲害的是她的心志。自古傳統文化乃長幼有序，她比我年長，卻對我特別尊重，這全是她心裏柔和謙卑的本性。常聽人家說，在善待別人之餘，也要善待自己，可她不是，只要是她能做的事，從不推辭。我們都知道，人的話最可恨，有些人特別善於隨便擺弄，就像不必付代價一樣；然而，這種人只要落在她手上，她總是機智地聽出話語後頭，以最溫婉的語氣安慰、撫平，去除說話中的雜質，留下應當的真切愛護和關注。不過，有些人總是如此令人憤恨，既沒有聽出別人的善意，亦只管在空子裏鑽，自己說着自己的話，就像從來沒有考究事情的原委和別人的善良；對待這種人，她也只能瞪眼一瞥，倒抽一口氣，點頭示好，大概勉強接受。但其實她並不接受，只是審時度勢，犯不着起衝突。許多時，她也只是簡單幾句牢騷話，然後又回到工作裏去。如此一來，聆聽、安撫、接受，這種人際相處之道，淑敏常常地在示範。

那年春夜，因工作心裏受着巨大擠壓，前所未有的攻擊從八面四方而來，我一下子無法承受，出現心理障礙和身體變異，整個人像失去靈魂般在遊蕩。一個獨自在街上遊走的黃昏，空氣乾烈與金風料峭交疊之時，倏地一陣紫丁香無端撲鼻，這刻忽然想起淑敏是我幾乎唯一可以依靠的。其後幾個月，她就像家人般時刻與我攀談，雖不至促膝剪燭，也至少在華燈初上，甚至在午夜夢寐之前，該説的話亦可自由地説盡了；終於，那些心底裏的自我控訴被排解在外，是真箇的靈魂自由。其實，我們都知道，這世上所有人都愛美好事物，例如看一齣戲，聽一闋歌，玩一趟自由自在，反之若要日夜徘徊在混沌的咒怨之聲內，還要把別人從困惑中拉出來，這狀況有如在浮沙中把人拯救，一旦不留神，自己和垂危的人都有一同沒頂的危險。然而，淑敏就是願意拯救人於危難，真誠地傾聽，感同身受，又如家人般相待。在重視速度和效率的現世裏，能純粹聆聽，極少又難得。回想過來，猶幸那陣紫丁香香氣飄逸，對我身心俱有很大幫助。

那末，誰最能看透世情，或者就是最暢快的人。不是嗎，在應該談笑時談笑，在應該悲傷時不至過度抑鬱，在受着咒詛時也置諸不理。然而，不是所有人都能超然物外，血肉之軀，嘗到苦艾，也不禁吐舌，更何況最疼愛的家人身體受損，那就不是輕易能面對的了。有個寧謐的夜晚，手機作響，心中無故感到不安，這種預知的本能人人皆有，卻無法解釋。淑敏突如其來的短訊，説丈夫病了，很嚴重，末期。在毫無預兆下，人最困窘的應該是失去自主能力，就像任由宰割一樣，但身體狀況從來都不到我們誇口。在最美好的時候遇上最滑稽的嘲弄，生命的本質原來如此荒謬。毫無疑問，淑敏也這樣地面對着巨大創痛。從來只有我們受着淑敏的恩情，這趟倒過來由我們撫慰心靈脆弱的她。那是一個陽光明媚的早上，我們都在，淑敏走進房間來，眾人又以延長的方式喚她的名字，然後各人與她相擁，表示支持。她述說丈夫的情況，冷靜、清晰，把要做的事情說得準確，然後，她帶着盼望地說，等丈夫康復後才再一家人出遊。我們除了點頭，各人心裏同時存在很大的疑問，這是何來的信心。牧師曾說，人的一生若只期許美滿人生，那終究只可說是不錯；然而若能期許沒有盡頭的永生，那才是真正圓滿。對於有信仰的人，信心是未見之事的實底，無怪乎淑敏能如此樂觀地面對事情，這等情商也不是輕易有的。

人的一生固然沒有甚麼好自誇，放下執念也不是甚麼秘策。許多年前，在淑敏仍然年輕時，聽說有人曾追求她，帶她到上等酒店吃貴價菜，菜是吃過了，卻渾身不自在；後來現任丈夫追求，帶她到茶餐廳去，簡約，實在。就這樣，她決定下嫁了。我不知道這次茶餐廳之行有多少影響力，但可以肯定的是，淑敏就連選老公也如她的名字。後來，兩人終於「排除萬難」，在結婚大喜的那天，一同「走進」教堂。這源於結婚日大塞車，兩人決定在旺角鬧市中下車，男的穿禮服，女的穿婚紗，一群人在鬧市中奔走，直向教堂跑去。途人想必以為是拍劇，豈知道原來人生如戲。每次聽淑敏談起這件事，她也樂在其中，我們都是。

紫丁香不常有，但當香氣飄散，有時嗅一嗅，寧神益氣。

我們都是人生的客旅，又倒數了一年，在有限的日子裏，有淑敏這好友相伴，如看一齣快慰的戲，如登一趟繁茂的山。

床位客

黃秀蓮

那唐樓，建材粗劣、採光欠佳、地窄人多、麻雀聲雜，然而租金便宜，鄰里相安，也抵消了許多缺點。故而貧民之窟湫隘之所，亦可偏安，一些租客一住下來就生了安頓之感，把上落六層梯級視為鍛煉筋骨，一任歲月荏苒了。那時廉租屋漸次落成，搬出唐樓入住彩虹邨的那戶，周日常常回來打麻雀，依依的尤其流露人情。例外者僅三戶，一戶主婦較難相處，很快就搬了。有兩兄弟在製衣廠做裁衣，住上兩三個年頭了，以為可靠，竟忽然消失蹤影。當年租約內容也不清楚了，但按金上期僅兩個月租金，逾期的損失由包租承擔。這就陷於兩難了，請苦力來搬走東西也是一筆錢，況且連人家的家具、床鋪、西裝通通扔掉，的確要狠下心腸。大半年後這對兄弟終於出現，見舊物猶存，喜出望外。解釋一番，連聲道歉，還奉上一個月租金作賠償，只求取回物件。父親習慣息事寧人，總之簡單了結，免得心煩。

這兩戶搬走了，退還鑰匙，木門掩上，不留痕跡。人家去向如何，何用關心？反正各有各的前路，香港人頭腦很靈活哩。唯獨那重複又重複的胡言，那膩滿了油的臉，那鬱積的一股臭味……無法一揮即散，良久仍悶在心頭。

那房子圖則長長窄窄，四間板間房外剩下來的空間便是走廊，走廊擺放了飯桌和雙層床。飯桌桌面可摺疊，一加上麻雀板即成雀局，晚上必然霹靂啪啦，呼么喝六，白天同屋主婦與隔壁婆婆也常常湊成一桌。木造的雙層床三呎闊，又叫碌架床。布簾吊在鐵線，圍起一席之地，已具備居住與私隱的條件，於是上鋪下鋪都出租。

有年上鋪吉了，父親把「床位出租」寫在紅紙，貼在樓下，一個體態頗為臃腫的中年女人來租。她穿上深褐色大襟衫褲，頭髮燙過，「姓梁……製衣廠……不煮食。」幾句簡單對答，母親當下就決定租給她了。

這女人是孤單的，那年頭，女人不管是獨身還是已婚，都常有手帕交相伴，租地方卻獨自登門，的確有點奇怪。怎麼稱呼她呢？梁師奶還是梁姑娘？似乎不很重要了，因為跟她打招呼也得不到回應。除了如廁，其餘時間都藏身布簾之內。躲在裏頭，有甚麼可想呢？

沒多久，異於正常的表現陸續浮現，日益嚴重，甚而難以忍受了。

起初她外出較為頻密，但不是製衣廠上下班的正常時間，且半天就回來了，那麼，她是無業的了。無業則生計如何維持？何以度過餘生？除非有相當積蓄。然後，獨白從上層床的布簾穿透出來，雀局結束後，夜闌人靜時，聽得分外清楚。噢，自言自語，對着空氣說話了。「那個男人沒良心……貪新忘舊……將來一定有報應……。」還好，語氣不算急促，不是連珠炮發那種；嗓音並不尖厲，不似野鬼悲啼；腔調雖是埋怨，尚未至於怨毒；節奏平穩，沒有忽然尖叫狂嗌，還不算太可怕。喃喃然，緩緩地，純正廣州音吐出一串一串話音，斷斷續續。後來，頻率越來越密，內容重複、不具體、零散，紊亂了的思想無法組織始末。原來這患者的生命力只聚焦在遭拋棄的記憶，徘徊在傷口最痛楚的一點，不甘心離開一地破碎的婚姻。

胡言亂語未至於怕人，令人厭惡的是身體散發的臭味，她漸漸地不洗澡了。臭味從布簾擴散，好生難聞。同屋的主婦用指頭敲敲碌架床，建議她從頭到腳洗洗，說一定舒服些的，連敲幾下，敲聲終究落空。

廚房外有塊小空地，是後門，朝南。主婦常從蒸籠一樣的廚房移步後門，吹吹南風，此時此地，最宜低聲議論。「黐線婆！難道她聞不到自己的臭味嗎？」「即使沒有丈夫，難道兄弟姊妹、親朋戚友也沒有？」「每次經過床位，都要掩鼻，走快兩步。」「雖然語無倫次，滿身臭氣，但不放火，不打人，只怕青山不肯收呢。」「麻雀枱移遠一些還是很臭，怎辦？」「她會不會生頭蝨？頭蝨會傳染的。」她們故意壓低聲浪，怕刺激了她。

樓下士多老闆那張嘴巴厲害多了：「那個臭死人的臭婆，原來住在你家！她來幫襯我也不睬，叫她快些走開，不要阻住我做生意！」

終於，父親在雀局未開、鄰居在場的情況下，隔着布簾向她提出免收一個月租，請她另覓居所，月底這床位要收回自住了。接着主婦輪流提醒期限，簾內的有時不語，偶爾「嗯」半聲，似在明白與懵懂之間。期限到了，過了正午，全屋都有點緊張，幾個主婦嚴陣以待，「收拾了嗎？要不要我們幫忙？」「哦。」「不如拉開布簾，先把行李遞下來給我們接住，你拿不動的。」一會兒布簾拉動，臭氣了無屏障，主婦們忙伸手接過行李箱，她慢慢轉過身，臉向牆，步下三級梯。彼此那麼接近，臭味攻來，卻不敢掩鼻。但見她散髮凌亂，面油蓋臉，眼垢滿積，一張臉比半年前初來時更浮腫。一個主婦特別細心，把手縫的布錢袋送給她，着她把按金上期和值錢的東西先放入袋裏，掛頸上，藏大襟衫裏面。海綿床墊本屬我們，床單雜物未曾收拾，年輕主婦手腳麻利，立刻爬上去，一併捲起，繩子紮緊。行李僅冬夏幾件衣服、薄被、餅乾罐、塑膠水壺，都塞入單薄的行李箱 。

木門替她打開，她挾住鋪蓋，提着箱子，臭味隨着臃腫的背影移動，「砰」，木門緊閉，臭味稀薄了，接着是把床位大掃除。她呢，遭擯棄了，誰肯開門悅納？大概只能踏上漂泊之路，暫歇於樓梯間、騎樓底、公廁旁、暗角裏，於社會底層流離。

失婚變成失常，這理由很值得憐憫，然而憐憫始終有個限度。一個精神病人所帶來的苦惱、滋擾，恐怕家人也生畏，若由非親非故的鄰居來承受，實在太沉重了。六十年代資訊不發達，甚麼社會福利署、衛生署等支援，普羅大眾是茫然不知的，所知者僅是青山精神醫院。至於自理能力、家人關顧、坊鄰照應、醫生診斷、藥物治療等等，完全缺乏，苦命人如何生存下去呢？過去，哀沉如謎；未來，是不知所終？猝死街頭？還是在病床有限的青山呢？

那唐樓，總是那麼熱鬧，人氣旺盛，叫糊的興奮食糊的雀躍，贏錢的得意輸錢的煩躁。推測她來時已患精神分裂，住下來後，長日震耳的麻雀噪音或令病情加速惡化。唉，人影跟臭味，俱往矣，彷彿一場人間蒸發。「她一身臭味，遠遠就聞見，會不會在街上遊蕩之時，遇見警察，就捉入青山呢？」你一言，我一語，話題共同，既厭惡，亦嘆惋。一說起，臭味又隱隱約約了。

「入青山了麼？」這問號一直懸浮在走廊裏。頭幾年，還偶爾說起，後來就不復再提了。麻雀聲依舊霹靂啪啦響起，臭味則早已散入茫茫了。

H

葉秋弦

一

我在書桌燃起了一束燭光，色澤溫潤如雞蛋花，一陣英國梨與小蒼蘭混合的香氣滿溢於室內，令暖黃枱燈顯得更柔和清雅。燭光如核桃般的尖削，「滋滋」地燃燒，那麼熱，那麼亮。我盯着眼前這束燭光，心很平靜，燭芯上半身被火苗熏黑，卻一絲不苟地立於圓柱形蠟燭中間，散發它本能的熱感。至於環繞火苗底部的白蠟，因熱度遞增而稍稍融化成一層透明的燭水。蠟燭愈燒愈深，燭芯愈熏愈黑，火苗愈拉愈長——看久了，視線彷彿凝固在這片燭光之中。

二

「在遙遠且顛簸的生命路途中，我們總會遇見各式各樣的人。」夜間在筆記本裏寫下這句。

遇見H之前，在職場曾經歷一場小小風暴。那段時間像走在一條地下隧道，內裏昏暗無光，陣陣陰冷抓着外露皮膚，好像一直遇不到期待的出口。也不知怎的，那時每張臉孔幾乎都是清一色的灰黑與暗沉，我張口與他們交談，一不慎便感覺到了刺痛。後來慢步沿着窄小幽暗的隧道，終於抽身離開沼澤地。

四月初春，萬物復甦之際，我來到新地方。那時便發現H的眼神裏透光。

「你終於來了。」這是H對我說的第一句話。H是公司裏的總編輯，她的聲音柔而不弱，有種河水在眼前靜靜流淌的感覺。不知怎的，看見H的當下令我想起小時候鍾愛的雞蛋花（又名：緬梔花），五裂迴旋花瓣白裏透着淡黃，呈現一抹素素的淡雅，與H有點相似。我抬頭看H，當光從她的眼神折射進我的眼球時，又生起另一種觸覺。是編輯的本能，一種無可替代的熱度，來自她瞳孔裏散發的光。

新環境我很快便適應。這裏的辦公桌是一張寬闊的弧形白蠟木桌子，座位後方更立着一排整潔的淡灰色書櫃。罩在頭頂的燈光通透明亮，我把書稿一堆一堆疊放在桌面，環繞電腦左右散開各放着一整排書籍，下班時隨手挑一本作路上讀物。有時早上提早半小時回來，坐在白蠟木書桌前，開展寧靜的閱讀時光，這時，我發現H也做相似的事。

一天早上八點多，路過H的辦公室，看見她手上攤開一本米黃色內頁的書，專注地閱讀中。我腳步略收，一時受到觸動，記住了畫面。原來這裏隱隱散發的光，其中一部分來自H。

上班數月，我與H的交集一直很少。但書展過後，各種微小原因使我來到H門前，輕敲一下，她說完一聲「來——」之後，緩緩把視線從書稿移到門邊。她不會皺眉，只會看着你的眼，甚至微笑。與她交談有種莫名其妙的放心，好幾次了，我們把話匣子打開，細細碎碎地聊很久。聊書，聊做書，聊閱讀甚至生命裏的其他思考。很偶然地，我發現H的閱讀養分相對龐雜，「甚麼書都要讀呀，不能只讀文學，文學、哲學、歷史與社會都是相通的，後來我發現，許多文學家最終都是思想家。」

入行後才發現編輯是世上其中一種最忙碌的打雜工作。從策劃選題、徵稿、收稿、審稿、編排、校對、推廣……關於書的任何一項細節都與編輯相關，好像選項裏從來不存在「這不是我負責的範圍」之類的話。總之，所有的都與你相關。但來到H身上，事情又變得不太一樣。總經理兼總編輯，記得那次還傻傻地問過兩者之間的分別。後來才知，總經理管的，從人事管理到公司項目、政策方向、出版品甚至對外公關，「到最後，閱讀的時間只會愈來愈少」。我能夠想像，爬上權力愈高層，自己的影子只會慢慢縮小。萬物的此消彼長。

無論如何，H還是有能力坐在辦公室裏專心閱稿，是長年練就出來的能耐。她的房間有一排方形窗戶，日光不時剪裁葉片的形狀，從窗戶折射進來。枝椏上的葉片從茂盛濃密過渡到枯萎凋零，風景一年四季地在窗外過渡。不過，風雨無阻的書稿由年初至今仍然源源不斷投遞進H的房間。有時，我覺得她的辦公室簡直就像一隻紅色大郵筒，每天寫着 welcome everybody。文字如條蟲在內裏生長且爬滿整張棕色實木書桌，與牆身鑲的「讀書是福」四字相呼應，很像 H 的氣息。

待在舊地方時，我見過 W 那張明亮整潔乾淨得一塵不染的書桌，第一眼便令我詫異。同為總編輯，W 已經多年不看稿了。書堆在一旁成為裝飾品，只有一本熟悉的筆記本攤在桌面，字跡潦草。當 W 向我介紹掛於牆上一幅別人相贈的浮華佛像時，我不小心瞥見他目光一節一節沉浸在華麗的虛無中，一如這些年他專注於公司以外的其他事情。每天午飯時間前，W 會撥電話問經理或助理經理，「今天午餐有約人嗎？一起去吃飯？」午飯與同事說說笑，閒聊幾句無關要緊的話題，等到六點下班一日又將盡。我與 W 曾在餐廳對坐兩次，席間多數沉默寡言。十二月與 W 在辦公室裏最後一次對話，印象最深刻的是，電話鈴聲如奪命追魂般響起，對方大聲追問：「你甚麼時候來取回剛修好的寶馬？」

三

H 渾身散發着一股書卷味，說話時語調溫和清晰，不急切也不媚俗，一身上下平實、素雅，不施脂粉只描淡淡的眉。一頭短髮齊耳的 H，走路時快速且俐落。她的行程很滿，但自從知道我們部門辦了一個文學展覽後，一天周六她約我一起看展覽。事後我們坐在安德烈座堂門前 The Nest 咖啡廳聊天，我會記得那一日的午後，柏麗大道在落地玻璃窗外舒展開來，老樹盤根錯節地生長，日光打在葉子的縫隙間，水泥地面生出的影子煞是好看。

「我們做編輯的，生活雖然清貧了些，但思想很富足。」H說。

這句話會令我不自覺想起了父親。不久前，他向母親打聽我的近況，得知薪水仍然不多。隨後他拋下一句「讀書多，賺錢少，那讀來幹嘛」的疑惑。一切透過母親轉述，話音未落，心一沉，此後便凝住。編輯一行，不過是底層的文字工作者，默默為讀者和作者搭建起一道橋樑，幸運的話，可以將文化知識思考傳播下去，生活平淡，也不得不如此。

然而我還是很慶幸生命裏有書相伴。

四

生活寫照最真實投射在每天埋首於書堆裏，H 說得沒錯，無論是編書或讀書，這些感知文字的過程令生活鍍上一層薄薄的金光。

「秋弦，要多讀點書，你一定要多讀書。」

我記住了 H 這句令人心安的話，不像隨便鼓勵，說這句話時，她的語氣很誠懇。好幾次在我還沒回到辦公室時，她一綑一綑地將書搬到我桌面，貼一張黃色 memo，示意書本相贈。自此，范用、李廣宇、韋力、劉再復這些名字飄進我的閱讀窗口，成為一道道立體風景。

一個人如果能夠記住你的閱讀喜好，並將好書相贈，她就是你記憶版圖裏的一副座標。

「相遇始分，相聚終離。」黃碧雲小說裏的一句話，我想到生命裏的各種關係。

早一陣子傳聞 H 可能快退休，但我不知道是甚麼時候。或者很快，或者還有一點時間。對於她的許多事情，我未必清楚。但我記得，她是一位愛讀書的總編輯，那是她離開辦公室後，我會非常想念的一道身影。

某天黃昏下班，走在英皇道上，日落蔓延至整條直直的長街，新光戲院霓虹招牌大剌剌晾在半空，映照天空中的日落。忽然我想起曾見過黑夜裏的一片海。站在九份山城，遙遙凝視那散落在漆黑海面的點點光亮。當時集魚燈靜止不動，散射在海底與四周範圍，熱度十分堅定，以至於我站在山谷裏，也能清晰辨別海的方向。

畫貓者韋恩

鄭政恆

還記得2019年5月，人在東京，一路從神田神保町走到日比谷圖書文化館，為了一看「成為藝術的貓咪展」，眾多東洋畫家中，還是竹久夢二畫貓，最得神髓。

2021年，我從人物傳記片《路易斯韋恩的迷幻貓世界》（*The Electrical Life of Louis Wain*），了解到一位西洋的畫貓者。片名說得一清二楚，這是關於路易斯韋恩的生平故事，當中有貓，而且是迷幻貓。

韋恩有不平凡的人生，他的生平確實很適合拍人物傳記片：韋恩與他的時代有格格不入之處，但憑個人之力又可轉變潮流。而且他有個性，婚姻與家庭的關係，又比較獨特。更何況，有出色演員班尼狄甘巴貝治（Benedict Cumberbatch）飾演韋恩。

電影歸電影，我還是說現實中的韋恩。

韋恩1860年生於倫敦克勒肯維爾（Clerkenwell），他是六個孩子中的長子，也是唯一的男孩子，他五個妹妹竟然全都沒有結婚，而其中一位妹妹Marie患有精神病。他們一家人一起生活，處於中產階級的位置，卻債台高築。韋恩生來就有兔唇，是孤獨的孩子，但他才華洋溢，不單能畫，也對新發明充滿興趣。韋恩的父親去世後，他以插畫家的身份，擔起撫養母親和五個妹妹的責任。

年輕時的韋恩，活在順境之中。事業方面，《倫敦新聞畫報》（*The Illustrated London News*）的編輯威廉英格拉姆爵士（Sir William Ingram），給他提供繪畫插圖的工作。另外，他一眾妹妹的家庭教師愛美麗理察遜（Emily Richardson），教韋恩墮入愛河，二人階級有別（而且愛美麗比韋恩年長十歲），但也如所願結為夫妻。當時韋恩 23 歲。

可是，韋恩的一生並不都是順境，他承受的打擊接二連三。愛美麗患上癌症，韋恩和她共度艱難的日子，他們收留了流浪的黑白雙色貓彼得（Peter），日後貓就成為韋恩的主要繪畫題材。

值得一提的是當時的人如何看待貓。當娜費格遜（Donna Ferguson）在文章〈維多利亞時代的人，如何將牲畜變成人類最好的朋友〉（“How the Victorians turned mere beasts into man's best friends”）中指出，貓在維多利亞時代仍然被視為實用動物，負責控制老鼠和害蟲，而且，貓與女巫在傳統上有聯繫，形象較負面。直到二十世紀，貓才開始被人類全心全意地視為寵物。

韋恩和愛美麗養貓，似乎也不尋常，更何況是畫貓，1886

年聖誕節，韋恩為《倫敦新聞畫報》所畫的〈小貓的聖誕派對〉（“A Kittens’ Christmas Party”）刊發，這張跨版畫作中有一百五十隻貓，用擬人的手法呈現，他們穿上禮服，在大廳中談天、演奏、跳舞、玩耍，每一隻貓的神態和外形都不一樣，自有個性。韋恩的畫作令到貓變得親切，建立了貓的可愛形象。

韋恩面對人生種種艱難，未必可以看到世界的美麗，甚至乎，生命中的殘酷打擊，令他看到迷亂的世界。韋恩筆下的貓，折射了他個人的生命史，一開始是可愛而有活力，後來卻是迷幻，畫中的貓就如視覺的幻象，有人稱之為「萬花筒貓」（Kaleidoscope Cats），這反映出韋恩患上了精神病。貓逐漸脫離了現實，而韋恩本人也從人間現實走到瘋人院，困於個人幻覺與藝術世界之中。

韋恩經歷了生離死別、高低起跌，也當過「國家貓協會」（National Cat Club）的主席，去過美國，又回到英國，一度成功，又面對過一敗塗地。韋恩的晚景還是比較曲折，韋恩 64 歲時被送入精神病院的貧民病房中。一年之後，韋恩的經歷獲得人們的同情，他可以從精神病院轉介到皇家醫院。韋恩 70 歲時，再被轉送到倫敦北部赫特福德郡的醫院。當地風景宜人，而且有貓，韋恩在那裏度過了最後的日子，1939 年與世長辭。

小說家威爾斯（H. G. Wells）曾經在電台廣播中說過：「他把貓變成了他自己。他發明貓的風格、貓的社會、整個貓的世界。外表和生活都不像路易斯韋恩貓的英國貓，會為自己感到羞恥。」

韋恩的貓世界，確實是難能可貴的劃時代創造。〈小貓的聖誕派對〉為他帶來了名氣，但韋恩一生面對無法擺脱的經濟壓力。除了要獨力養活家人，最大問題是他沒有版權概念，畫作任人複製，無法獲利。如今韋恩的畫作已屬於公有領域，複製品隨處可見。但是，韋恩的創作力是無法複製的，他的貓畫自成一家，一眼就可以看出。

謝小姐的釘書機

樊善標

這個沉甸甸的灰色 Stanley Bostitch B8 釘書機原來大有來頭。Bostitch 像德文，卻是美國公司，創辦於 1896 年，專門生產釘書機、釘槍之類的工具。B8 是它們的經典型號，每次可以把三十張紙釘起來，是普通釘書機的一倍。——這些當然是剛剛從網上查到的，今天之前我完全不知道這品牌。釘書機有一個底座，延伸出一條末端收窄成弧形的銀色金屬片，正式名稱叫起釘器，我現在正是用它來起掉那些陳年文件上的釘子，以便廢紙回收或者密件銷毀。事實上很久沒有用到釘書機的裝訂功能了，近年收到的文件絕大部分是電子檔案，偶爾打印出來也是用後即棄，以曲別針臨時夾起就算。此刻手上泛黃的紙頁，配上古董般的釘書機，昔日的聚攏變成今天的拆散，恰值殘年 12 月，黃昏快到盡頭……我趕快停止職業病一般的象徵聯想。

很多大事記不清，有些細節卻歷久如新。1997 年回母校當助理教授，仍是我畢業並擔任過幾年語文導師的中國語言及文學系。小別數載，系辦公室的主要人員和規矩都沒有變化。

開學前按慣例向文員謝小姐領取一些文具，我告訴她需要釘書機，她給我一個新的，我嫌太小，她就把自己的 Stanley Bostitch B8 遞來。所以這個釘書機究竟有多長歷史，如今實在是謎團了。

我讀本科時謝小姐已在系裏，當然並非青春少艾。她其實是黃太太。聽她說早年辦公室裏有一位黃先生，為了避免一起稱呼時尷尬，所以改叫謝小姐。謝小姐戴粗黑框眼鏡，對學生很和善，對其他人更有點怯懦傻戇，神態像扮演古代書生的任劍輝。但她的硬筆字剛勁大度，一點都不軟弱，名字叫志平，也毫不女性。1960 年代末中文系的講座教授周法高先生編纂《金文詁林》，需要謄錄諸家釋義，據說謝小姐就是因寫得一手好字而參與其中，後來出版工作完成，轉為系辦公室的文員。我讀碩士的 1980 年代後期，中文電腦文書處理逐漸流行，文員也得學習新技能了。那時謝小姐好像五十過外——年輕時總是覺得長輩很老，說不定她才四十來歲——，輸入法學得很辛苦。她有一次問我「九」字的倉頡碼是甚麼，我說是「大弓」，拆字法沒有甚麼道理可講，但「九」和「夷」同碼，記着「夷」字就能打出「九」字了。

謝小姐和我曾是旺角的街坊，她住廣華街，我住花園街，可是從來沒有碰見過。重回中大工作，我搬到馬鞍山，反而偶爾和她在旺角遇上。最近一次好像已是千禧之後幾年。那時她退休了，外形還是沒有太大變化，互相問候幾句，知道她的兒子在香港大學牙科畢業，她有時回中大診所領取高血壓藥——這不能不說是大學慷慨的德政。我對她雖然有親近之感，但搜索枯腸能想到的話題也只兩三個，知道她生活如意就安心了。那之後倒是常常想起我的老師兼上司有一次慨嘆，要解僱謝小姐他真的下不了手。這是因為辦公室更年輕的同事不滿要額外分擔謝小姐做不來的工作。他們的小主管也不是易與之輩，結果是——我得強調，只是聽聞——人人都被罵哭過，有些被罵哭過的又罵哭謝小姐。我的老師兼上司能做的很有限，也許因為和這些事情不相干的我剛好在面前，他就含蓄地抒發一下。

多年前在張系國的雜文裏讀到，管理學上有一條「比得原理」(Peter Principle)。簡單地說，就是科層組織裏的人終會擢升到不勝任的職級，反過來變成機構的負累。謝小姐的遭遇是人間常情，同事的反應可以理解。小主管這幾年來不知道可有想起舊事？將心比心，想起來又當作何感想？我自問既不豁達也不大度，對覺得不公的事情不容易淡然處之，對自己的弱點也不大能釋懷。世間的文檔堆積自有時限，反着這釘書機來用，清理完畢就離座，於人於己都是上策吧。

恩如海：劉紹銘教授

鍾玲

1967年初我在台灣大學讀外文研究所碩士班，那時已經向美國幾間大學申請讀比較文學碩士，因為我的志向本來就是從事比較文學研究。我喜歡風氣開放的校園，所以申請了三間著名的州立大學，長春藤大學連一間也沒有申請。在那個年代，台灣的留學生能獲得著名大學的入學許可已經不錯了，海外文科生要第一年就獲得獎學金，難上加難。

我居然獲得威斯康辛大學麥迪遜校區比較文學系的獎學金六百美元，加上免學費。但是只靠這些，我仍然無法赴美，因為生活費沒有着落。於是個性積極的我寫了一封信去威大比較文學系，問是否有其他獎助？否則無法來就讀。意想不到，兩周後收到該系劉紹銘教授的回信，劉教授是該系唯一研究中國和西方比較文學的教授，他說，他幫我申請到獎學金了，做他的研究助教，就是研究助教獎學金（research assistantship）。我覺得運氣太好了，寫了感謝信給他。9月赴美到威斯康辛大學入學。我對劉教授的古道熱腸，心存深深的感激。

五十多年以後的今天，我感到自己只看到事情的表面，沒有探索深層的、撲朔迷離的東西，就是神秘莫測的命運。首先，1960年代中期美國大約有十間大學的比較文學系、或比較文學碩博士課程，會招收做東方、西方文學比較研究的研究生。為甚麼我選的三間偏偏就含威斯康辛大學？第二，劉教授1966年秋獲得印地安那大學比較文學博士，即到威大出任助理教授，在威大比較文學系只教兩年，1968年秋就離開威大到香港任教。那兩年的第一年他處理了我的申請案，第二年可以考核我的學業成績。我想正因為1966年年底是他審查我的申請，見到我學業成績優異，而且已經在《文星》發表小說，在《中央日報》副刊發表散文，大概在我身上看到潛能，才提拔我，推薦免學費和六百元獎學金，繼而幫我向大學申請到研究助教獎學金。如果我早一年申請，就不會碰上劉教授；如果劉教授到其他地方任教，我也不會碰上他。那麼多的巧合！

劉教授是一隻漂鳥，1964年他在印地安那大學通過了博士綜合考試後，覓得大學教職，一面教書，一面撰寫博士論文，第一年在邁阿密州立大學，第二年轉到夏威夷大學，兩年間寫完了博士論文，第三年應聘到威斯康辛大學。他一年換一個教職，這三間大學都要續聘他，他卻飛走了。名副其實的漂鳥個性，但是這隻漂鳥之飛翔是為了落地。因為他思念香港，做夢也想學成回家園教書，教育下一代。1966年春他在夏威夷大學任職，即將獲得博士學位，他聽說香港中文大學和威斯康辛大學有職缺，就兩邊都申請。但是威大下了聘書，中大卻遲遲沒有決定，他說：「威斯康辛雖說是美國名學府，但香港是我的家，離開已五年了，如果此時（中文大學）聯合書院正式通知我說我已被錄用，則我會毫無考慮的回香港。」（《童年雜憶・吃馬鈴薯的日子》，大地，1986，頁 207-208）

如果那時是中文大學先發聘書，我就不可能遇上劉教授。你看命運是不是由許多點組成的線？缺了一點，都畫不成那條線。我就那麼幸運，一顆點也不缺。能夠遇上劉教授，得到他的幫助，才得以彩色繪出我生命的線條。

劉教授給我的幫助，不是替我爭取到助教獎學金那麼簡單。1967 年 9 月我到威大梵海斯大樓九樓的比較文學系，初次面見指導教授劉紹銘。他戴着深度近視厚片眼鏡，外貌溫文，性子卻急，還透露一點神經質。我的第一份研究助教工作，是他交給我一本 1964 年版的 *The Golden Casket: Chinese Novellas of Two Millennia*（《金匣：兩千年中國小說》），要我把全書小說的中文原典出處找出來。這書原是中國古代故事的德文譯本，為普及讀物，他交給我的書卻是由德文翻成英文的再翻譯。因為附有羅馬拼音的書目，我又在東海大學選過、旁聽過十門中文系的課，很快查出這些故事出自《戰國策》、《史記》、唐傳奇、《剪燈新話》、《聊齋志異》等，接着對照中文原典，查出每一篇的中文篇名。

三個星期後我拿着四十六篇翻譯小說的中文出處報告交給他，問：「劉教授，請問接下做甚麼？」他抬起頭望着我說：「甚麼都不需要做。只要你用心把書念好。」我愣在他前面。原來他為了讓我安心攻讀學位才申請這份研究助教工作，根本不是為了找自己學術研究的助理，純粹為了幫助人，竟然有這種捨棄自己應得好處的幫人法！他這次助人之舉，像是禪宗公案，我一直參到今天。

於是我可以全力衝刺第一學期選的三門課，其中一門是「西方傳統文學經典（一）」，一門課要讀八部西方文學源頭的經典，都是大部頭的英譯本：荷馬史詩《伊利亞德》、希臘三大悲劇家的劇作、維吉爾的羅馬史詩《埃涅阿斯記》、但丁的《神曲》等。要不是劉教授豁免了我的助教工作，真無法讀完這麼多作品，無法準備好每次上課的口頭報告。第一個學期三門課都拿了A，向劉教授證明他沒有幫錯人。他只帶我一年就在 1968 年秋到香港中文大學赴任。劉教授幫人幫得非常徹底，走前把我託孤給系上研究日本文學的比較文學學者孔雅瑟（Arthur Kunst）教授。孔教授也是守信之人，我在威大第二年，他聘我為他的教學助教（teaching assistant），第三年、第四年幫我爭取到福特獎學金。孔教授把我一直帶到博士畢業。

那麼劉教授幫助人為甚麼會如此慷慨體貼呢？絕對不是

因為他家庭富裕，慷慨慣了。由劉紹銘的著作《吃馬鈴薯的日子》和《馬料水書簡》知道，他的求學之路有多艱苦！在大陸讀小學的時候，做叫賣報童補貼家用，十四歲到香港依伯父為生，讀完小學，讀聖類斯中學初中一年級時，因為伯父生意失敗，他不得不輟學打工，做過印刷店學徒，計程車大夜班接線生，十九歲在二手書店做店員，還到私校當英文黑市教員，同時他在報紙上寫雜文。他全憑自修，竟然可以到中學教英文。二十三歲以自修生身份考取英文專科私校之 Form 5，等於跳了三級到高中二年級。四個月後以優異成績，保送考香港教育司署主辦的英文會考，合格後又考上台灣大學在香港的招生，入台大外文系一年級就讀。他由小學一路到美國第一年留學，經濟上都非常拮据，為甚麼自己歷盡艱辛，幫起人來卻如此大方呢？

因為劉教授是一位懂得感恩的人。他十七、八歲時，當計程車大夜班接線生，日夜顛倒，累壞身體，得了肺結核病。幸虧一位朋友幫忙治病，因為劉紹銘是《香港時報》副刊的作者，認識了該報電訊組的翻譯楊際光，楊自掏腰包，買美國的結核病新特效藥，幫劉打針近半年才痊癒。因此他念念不忘這位朋友的恩德。他台大畢業後，申請到華盛頓大學（西雅圖）的入學許可，但卻沒有申請到獎學金。在身無分文之下，向好朋友求援，他的船票和學費，是窮朋友、窮同學合力捐助的。大概劉教授為了報答這些真心幫助過他的朋友，採用了幫助他人的方式來回報。而我成為他感恩圖報之舉的受益者。

但是這仍然不能解釋何以劉教授不僅不求回報，而且犧牲自己利益來幫助我！我想應該跟他的信念有關。他令我聯想到古代的俠客。放在中國和西方文化傳統中來討論「俠」觀念，最早的是劉若愚，1967 年由 Routledge 出版他的專書 *The Chinese Knight-errant*。劉紹銘提到這本書和馬幼垣的〈話本小說裏的俠〉（劉紹銘，《風簷展書讀》，九歌，1981，頁 108），劉教授自己也寫一篇學術論文 "The Courage To Be: Suicide as Self-Fulfillment in Chinese History and Literature"，討論為助成大業而自裁的義士，如春秋末期為幫助荊軻刺秦而自刎的田光和樊於期。

劉教授應該是遠慕古代俠士，起而行義，做個現代獨行俠。他說，「俠」是仗義而扶弱抑強者，代表一種「情性和品格」。（《風簷展書讀》，頁 105）他天生骨子裏就有俠氣，因此他協助我們這些有志學習卻缺乏經濟支援的學子。因此文化大革命期間他振臂高呼香港知識分子應該負起歷史的任務：「只要我們記憶存在的一天，我們不會讓任何黨派的領袖故意顛倒是非，混淆黑白。因此我們會寫文章的人，該多著書立說，向歷史交代。」（《與良心的對白》，文藝書屋，1969，頁 227）因此他無懼於美國學術界注重學術論文的鐵條，花許多時間做不受重視的翻譯和編輯工作，他要把中國古典文學、現當代文學英譯出書，搭橋讓西方人瞭解我們。因此他在美國任教，聲譽正隆，卻回香港嶺南大學培養家鄉英才，一直教到退休。

我最喜歡看到劉教授臉上一種表情。2003 年我到香港浸會大學任文學院院長，到了年底，劉教授在美國任職期間教過的學生們，會由香港各大學進入新界屯門，跟已經退休的老師到海天酒家聚餐，一年一會，有科技大學的呂宗力、中文大學的危令敦、嶺南大學的李東輝、浸會大學的我和陳致。呂宗力每次都帶來劉教授最愛品的紅酒。大家嘗到鮮美無倫的蒸石斑，劉教授啜一口紅酒，面對眾學生朝他微笑的臉，他醺醺然地抿嘴瞇眼一笑，我最喜歡看到的，就是劉教授臉上這種表情。

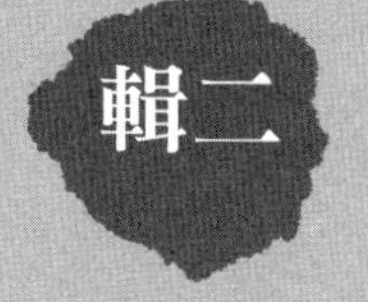

情

故物寄情

辛其氏

2008與2011年，先後發生中國汶川八級與日本東北九級大地震，從電視新聞報道的畫面，見識過地震引發海嘯的驚人破壞力。我曾經在一篇文章提到，生怕大難橫來或病魔忽至，來不及處理身外物，要勞煩親友收拾，更娓娓細談整理書信時的諸般情態與顧慮。後來筆鋒一轉，又認為老式人對好書墨香有不能割捨的感情，希望在手邊多耽些時日，不急於一時送走。

這幾年疫病纏繞，時聞親友感染確診，更覺生死無常，禍變難測，實不宜拖延懈怠，再遲只怕有心無力。結果存書在我家多耽上十載韶光，去年再三翻檢，積極聯絡可能接收的機構，終來到相分的時候。我把娛情長智的身外物分成四大類：文學類書刊雜誌、積存的舊稿和信札、主要與香港粵劇相關的物品、戲劇戲曲類專書，另加一台古箏。

我的存書數量不多，其中文學類書刊雜誌，除了留下《乾隆甲戌脂硯齋重評石頭記》與《紅樓夢版刻圖錄》兩套藍皮線裝書，全套「素葉叢書」和《素葉文學》，全套《文林月刊》，數十本有題簽的文壇朋友大作，以及仍處「斷捨難」階段的小量中外古今著作外，伴我輾轉遷移的其餘存書，去年 8、9 月間，已分三次送去接收的文化單位，作年度義賣，而部分文學雜誌得院校圖書館收存。

好友認識一位國學修養深厚的中文老師，老夫婦先後大去，一屋藏書字畫被親屬搬出門外，通知清潔工，三日後作垃圾處理。現實無情，聽來傷感，為免也曾珍視的存書被人兩三下散手，全丟垃圾房的淒涼命運，雖感身外物的裝箱過程煩瑣吃力，仍盡量親送一程，希望它們遇上愛書人、惜物者，繼續知識流轉的旅程。

整理手稿、舊稿與有關文章的影印本並不太花時間，只是過程中重見少作，竟有陌生感，並為自己的幼稚耳熱臉紅；文稿決定存廢後，寫妥文件夾標籤，擇日可以送走。但處理私人信札卻十分費神，除了事務性質的函件還可輕易打發，朋友的來書，筆尖滿載真情實感，透視出彼此相遇相知的人生軌跡，讀來親切，委實難於捨棄。

在青春勃發的七十年代，與幾位朋友相交，成就難得的終生友誼。長久以來，雖散處異地，各有人生的追求，仍時相記掛，其中有健和儀。1978 年措手不及，遭逢感情的大挫敗，情緒極度低落，苦海中幾乎沒頂，傷鬱焦慮期間，有遠走他方的打算，於是想起移民澳洲的健和儀，寫信向他們求助。

移民在陌生國度應付生活，總有無法預料、需要克服的難題，但他們仍極速回信，信中滿載夫婦倆對我的關切之情，歡迎我去墨爾本散心，他們家可作居停，只要帶備隨身衣物，一切自有安排；更以同理心不斷開解寬慰，又詳細說明申請長居與工作的條件、手續與實際困難，讓我有充分的心理準備。

自 1976 年 9 月至 1998 年 4 月，我收存他們寄自澳洲和加拿大的信函共二十一封，回應我谷底呼救的好幾封來信，總洋洋灑灑寫滿四五頁紙，字裏行間不忘為我打氣，「希望你能堅強一些，我和儀會為你默禱」；「當你孤立無助時，我們正時刻想着你，這兩日你的信在運送途中，我和健幾次提起，為何還沒有來信呢？在現實環境中，我們分開得遠，幫不了忙，但記着，無論你將來作出任何決定，我們都支持」；「極之希望你能來，這裏基本食用便宜，居住問題又已解決，你不應用『負累』二字，如果真正視我們為朋友知己」。多年後的今天，讀着來自遠方的種種濃情厚意，依然有淚崩的衝動。

我最終沒去墨爾本，選擇穿過人生的黑暗幽谷，努力面對，重建生活。有這樣的頓悟，因為忽然清醒，自揣沒有適應異國環境的本事和勇氣，更沒理由自私率性，打擾朋友平靜的生活。他們其後回流，住在美孚，1990 年再移加。我們間中電郵或用環球風行的通訊軟件聯絡，提筆寫信的習慣早隨時流消失。進入網絡時代，捧讀友人手札的暖心感覺，已難得再有。

感情上，朋友親筆的舊時書信，還有貼上郵票，飛行萬里的信封郵簡，理應珍惜，與我同朽。但年紀大了，若然轉念，希望一朝撒手，盡量不留物痕的話，就要調整心態，實行銷毀私密的日記和信件前，好好把握有限餘生，多讀幾遍。歲月重溫，說不定百般滋味，一律甜在心頭。

翻出健與儀 1991 年 12 月 2 日來函，儀在信中講了個笑話，當時看了，不禁開懷大笑。有一天，她問兒子有關人死後去哪裏的問題，大兒子答人死後去陰間，基督徒去樂園，等待審判；儀再問，那天主教徒去哪裏呢？小兒子馬上回應，去美而廉。儀隨後寫上按語：美孚有賣潮州魚蛋粉的店鋪名「樂園」，另一間賣雲吞麵的喚「美而廉」。

此時此刻，苦熱炎蒸之下重讀，仍忍不住失笑，想到兩個孩子的天真童語，確能清心淨火，暫避疫下煩憂。

九十年代初有十年光景常看粵劇，愛泡戲院的日子，認識不少戲迷朋友，有點頭之交，止於禮貌微笑；有間中來往，時約戲前飯聚。每年離島演神功戲，又索性島上留宿，小旅館落腳兩晚，有久違的中學宿營之感。晨早與陽光鳥語結伴，島上漫遊，巧遇戲迷朋友，即在路邊閒談昨夜演出。午飯時候，不同戲迷群體散落不同風味食肆，繼續聯誼。晚上海邊鑼鼓一響，各路人馬歸隊，都鑽進燈火輝煌、彩旗招展的大戲棚。

戲迷中盡多攝影高手，他們忙看戲，亦忙舉機，不惜金錢時間，奔走戲院與沖印店之間，第一時間沖曬照片，分發友好；有時免費，志在分享，有時酌量收費，志在幫補成本。攝影師群像有男有女，各施各法，有專門特寫演員的唱容身段，有愛拍充滿動感的群戲場面，拍下的海量劇照，美不勝收。其中曾共事同一機構的李君，不單時有劇照餽贈，更送我一本相簿，是他拍攝離島神功戲的全舞台紀錄。李君又曾為我多年存下的七十套舞台錄音帶，轉錄成二百零四隻光碟，以便保存。光碟音效質佳，標題字美，他的熱誠認真，我一直銘記。

隨着歲月流走，風移世變，演員與戲迷同時老去，或先後移民，或不幸病逝。老倌息演，劇團停辦，戲迷四散東西。看戲的情懷與興致消褪以後，閒時檢視多年收存的舞台劇照，自然想起昔日因戲結緣的花旦朋友，以及在戲院共度無數晚上的港澳戲迷。風格各異的照片，為老倌的表演與觀眾的投情，留下一幕幕動人片段。戲迷攝影師的耐力、心血與迷癡，豈忍辜負，存下的一千五百多張照片，是舞台演出的忠實呈現，絕對不會隨便銷毀。

為這批照片及其他與本地粵劇有關的藏品，如單張、海報、場刊、特刊、影音產品、舞台錄音光碟等等尋找理想歸處，比單純處理存書複雜得多。先要把散落四處的藏品集中，再分類歸結。劇照和舞台錄音光碟，分別用相簿、光碟套收納；幾十卷海報捲好，五卷一個單元，放入窄長透明膠袋中；單張、場刊、特刊、閃卡用透明文件夾存放；影音產品則安置紙皮箱內。前後兩個月，整理出百個項目四大紙箱，今年8月中，幸得院校音樂系派人接收，歸類戲曲資源。

至於戲劇戲曲類專書及一台古箏，則於去年10月送去演藝教育機構。後來接該機構職員訊息，極盡責地交代進度，告訴我贈書分存戲曲學院與圖書館，古箏接收後，亦已安排作學生演出或上課之用。

知道古箏去處，實感莫名寬慰，它是個十八弦箏，鋼絲弦，不肯定甚麼材質，柚木色面板，深啡色琴身，全長58吋，寬12吋，連草綠色琴盒，估計是蔡福記出品，是我七十年代中，跟曾照農老師學箏時買下的。老師在古箏的琴頭處，沿琴身繞上一條薄身透明膠條，寬吋半，十八條弦線架在排列如雁行的箏柱上，透明膠條穿過十八條弦線，並對應每條弦的位置，分別用紅黑筆寫上五聲音階56123，標示每條弦線的高低音符，讓初入門的學生容易掌握。

那時候，每星期去深水埗新寶大廈老師家上課，入門從指法學起。老師執正傳統教法，口傳身授，略講重點，然後示範，我依樣葫蘆，用心模仿。每次先複曲，彈一遍上次傳授的樂曲，讓老師指正，彈得不好的曲段反覆再練，過關了，才學新曲。

由從未接觸過弦線，到戴上假甲，彈出〈別鶴怨〉與〈平湖秋月〉等曲目，自覺還不太蠢，雖然技法生澀。老師指導下，彈奏時平正身子，臂腕手指鬆弛，右手管音，主要用拇指、食指和中指，配合「托、抹、勾」等技法彈奏，三指形態如倒垂蘭花；左手控韻，當右手拇指彈托某條弦線，左手兩指即在該弦的雁柱左方揉按，以「吟、揉、按、滑」等技法潤色音韻。

老師的箏藝屬潮州箏學派，六七十年代香港的潮箏演奏風格，仍承襲傳統，不重花巧，未受後來愈趨繁富的技法改革影響。自抒胸臆的曲目普遍古樸柔和，莊正儒雅而韻味深長；歡慶激昂的曲目則跌宕有致，聲情並茂而氣韻生動。抹托勾彈間，音色明亮圓穩，不濫用裝飾音，奉簡約為美。

五十年前的學琴日子，部分細節已模糊，既想不起當初學藝的原因，也搞不清為甚麼在芸芸高手中，獨要做曾老師的門生。年輕時對學習新事物充滿好奇，成天學這學那，風火輪般轉，樣樣一知半解，我的學箏時期不長，一貫地蜻蜓點水，亦忘記停學的原因。以存下的五十餘份曲譜計，老師每兩至三星期授曲一首，視長短而定，相信學習期至長不超過三年。曾經是親密伙伴的那台古箏，好幾年寂寞地掛在牆上，有時心血來潮，取下操練，地心吸力的緣故，有輕微走音。搬家沙田時，曾請早年中大建築處同事莫先生，上門調音，他公餘教箏，時作公開演奏，是中大校園的隱世高手。

古箏其後一直平放，長睡在床下櫃格之中，直至送走前一星期，才掀墊褥拆床板，請它現身。我抹淨綠色琴盒上的微塵，細看素面柚木色琴身，十八條弦端端正正，繃得緊緊。另有一盒假甲，白色軟皮及牛骨製，戴在拇指食指和中指上彈奏，兩套共六隻，安放在抽屜中透明小膠盒內。膠盒下有文件夾，內收五十餘首曲譜，有古曲套曲、江南絲竹和廣東小調，如〈塞上曲〉、〈春江花月夜〉、〈胡笳十八拍〉、〈蕉窗夜雨〉、〈高山流水〉、〈禪院鐘聲〉和〈雙聲恨〉等等。老師的本色潮州箏譜，則有〈出水蓮〉、〈小桃紅〉、〈柳青娘〉、〈平沙落雁〉和〈錦上添花〉。

當年對老師的認識，只限課堂，課餘並無交往，近日箏、譜、指甲倏忽重現，難免往事縈迴，想起老師。上互聯網搜尋，只找到一位八和會館會員袁女士，她的資歷項下，簡單列明曾業餘參與本地粵劇團拍和工作，主奏古箏，從正職退休後，才積極從事粵劇拍和，師承曾照農與項斯華。互聯網原來並不神通廣大，我唯一找到的，只有老師大名，其他訊息全無，連一小段錄音也沒留下。悵惘之餘，聽一遍陳蕾士老先生的潮箏〈寒鴉戲水〉，借曲抒懷，重拾淺印輕痕的一段萍水師緣。

一路走來

胡燕青

人一大部分感情，是留在交通工具上的。

我很小的時候，爸爸用單車推着我，從幼兒園把我接回家。記得單車很高。我獨霸座椅，爸爸用手臂保護着我，用腿走路，一直走回家。媽媽帶我去看醫生時，則和我坐三輪車。如果爸爸也在，我就塞在他們中間，手放在媽媽的膝蓋上，感覺奇妙而溫暖。交通工具的回憶牽涉着木頭帶刺的質感、假皮革老化的裂痕、車夫有節奏的喘息、單車不規則的鈴聲、不同的車鏈運作的零碎撞擊和大人的對話。一層一層都是微細的感官經驗，鋪墊在一個小孩子腦海的底層，直到這些「車子」都給淘汰了，仍拒絕褪色。那段日子，我們住在廣州，公共汽車是有的，但的士這事物尚未誕生。

隨着家庭的流動，我住進了沒有車子的長洲，在這個啞鈴似的小島讀小學。那兒的人都走路。我對交通工具的重點記憶，是來往長洲和中環的渡海輪。我一走近它就覺得頭暈，不但因為它搖晃，更因為它的柴油味。我上中學前，爸爸住在深水埗，我則留在長洲。我已經六年級了。爸爸不再親自到島上來看我，我必須自己走到碼頭，先乘船到中環，再「過海」回到九龍去。那時的渡輪沒有冷氣，也沒有餐蛋麵，沒有電視或任何娛樂，坐在船上只能看書。而我卻因為得認真對付隨時嘔吐的感覺，沒法看書。風高浪急時，窗框裏的水平線往左瀉又往右瀉，嚴重時幾乎和窗框的直線組成四十五度斜角了。這個灰藍色的搖搖板把長椅上的我兩頭拉扯，而我則不斷調整坐姿與之搏鬥。説實的，我在船上的每一秒都在受苦。進了維多利亞港，水才平靜了。這和現在的情況剛好相反——現在填海太過，港內水流湍急，船進了市區的水道，反倒顛簸。那時渡輪抵達港島，船員放下跳板。那片板也真的會跳，只有兩三公尺長，兩公尺闊，卻似乎充滿危險，我這個小不點怎麼走都走不完，因為它隨着小輪搖動，陡斜程度隨潮汐和波浪加減，兩旁又沒有欄杆，好像隨時會脱離碼頭、把我拋進海裏，那感覺頗為恐怖。後來我成了游泳運動員，仍不大喜歡在海裏游泳，不知是否與此相關。到我終於腳踏實地，又得背着書包從舊日的港外線碼頭天旋地轉地跑往深水埗碼頭。因為另一艘小輪正在上客。柴油從兩個碼頭左右夾擊，臭得要命。再次下船，我走上北河街的時候，已經暈頭轉向，反胃不止。那是一個小學生給拋來拋去的負面經驗，想起來都不安。

六十年代末，我終於從長洲搬到有車的市區。那兒的交通工具又快又巨大。巴士像一片又一片的紅色奶油糕點向我衝過來。我每每等上幾分鐘，才敢過馬路。

我對巴士的記憶，也是我對生命中那一個區域的認識。那時我知道的巴士路線大概只有幾條。6B 經過我家，也經過太子道口，於是我常常乘它上學。這條線路給我的記憶也很不堪。因為人多，站着的我經常給大叔們故意擠過來，用身體緊貼着，説白了，他們是在享受非禮女學生的日程。那時的女孩子都只會逃，就是不斷掙扎着離開他遠一點，寧願給大嬸阿姨們罵你鑽來鑽去到底在幹甚麼。1 號車從學校往東行。我到了窩打老道，就下車走路，到九龍塘我的補習學生那兒去工作。學生很可愛，是個寬臉的胖小子，念小一。他姐姐比我小一點，在女拔萃念高中。後來我在港大游泳隊裏又碰上她。這兩路車雖然有一點重疊的路，但前者給我的感覺髒亂邋遢，後者卻明淨舒適，因為我在它們的肚子裏得到完全不同的經驗。幾十年後，我偶然還會乘 6 號車，但這是選擇，因為我仍住在深水埗。

我讀中學時，有兩份周刊不斷地給我輸送文學的營養和機會。一是《中國學生周報》。這是當時的「美元文化」產物，即是受到美國資助的刊物。不過它辦得實在好。我就在那兒開始了我的文學閱讀，到了中四，更開始投稿。從那個美麗的園地，我讀到了前輩如西西、陸離、也斯、亦舒等後來赫赫有名的香港作家年輕時的作品，也接觸到台灣的詩壇，開展了我余光中粉絲的生涯。閱讀視野得到擴大，是我到了今天依然感恩的事。到九龍塘補習時，我還會特意去看看多實街的路牌，因為《中國學生周報》其時還未遷往新蒲崗。不過，另一份刊物對我的支援更大，那就是《青春週報》。

《青春週報》報社位於佐敦。於是，我放學後得從學校走到彌敦道，再乘4號巴士到佐敦去。編輯部內沒有特別出色的作家讓我嚮往，卻有親切的大哥哥、大姐姐。聽說這報社剛好相反，是香港左派辦的。我在那兒認識了葉輝，我們一起打乒乓球。在長期打開的球桌上，我們的創作力得到了承認和釋放。那裏的編輯讓我寫一個專欄。那時我才念中二。他們容我發表，比《中國學生周報》還早三年。我中一第一次拿到了「稿費」，就是他們發的。我還告訴我的同學，她也成功投稿了，得到幾塊錢。當時的幾塊錢可說是相當多的了。幾十年後說起，奇怪，我忘記了大哥哥大姐姐的名字，只記得那瘦小的4號車。比起1號，它完全沒有看頭，營養不良的車廂內沒多少人，總站在佐敦道碼頭。從四點玩到黃昏，我匆匆趕到碼頭乘車回家。記憶中，那時的渡船街住宅是非常中產的，一排高廈，簡直巍峨如山脈。如今看見這些舊得要爛的建築，再看看西九龍高聳入雲的豪宅，只覺唏噓。夕陽中，4號車在彌敦道上順着紅綠燈的指引蝸牛般爬行。天色漸暗，我心裏焦急，害怕爸爸比我早回家，他見我到處去玩樂，會發脾氣。

第一次乘隧巴，記憶中是112。我和幾個同學都很興奮。那一天，我們是去維多利亞公園泳池參加混合邀請賽。這樣的日子非常開心，因為凡是友校開水運會，我們就不用上課，幾個人奉體育老師之命游泳去，能不使人高興？我們跟着一個認得路的大哥哥上了車，走到樓上。其時人很少，我們大呼小叫，一路等待它進入唯一的過海隧道。等到了，隧道裏的迴聲很大，我們幾乎得喊着說話，感覺香港實在非常先進。不久，車子迎向亮光，到港島了！我們歡呼起來，覺得自己是從海裏冒出來的大怪獸，人人引頸張望。經過燈光不強的隧道，初秋的艷陽忽然從四方八面湧進車廂，美不勝收，一車都是難忘的具體感官經驗。

地鐵興建的過程頗為漫長。當時學校附近的彌敦道煙塵滾滾，地上有很大的坑，人潮巴士擁擠在窄小的「餘地」之上，狼狽仄逼。那就是觀塘線的建築工地。已經升上高中的我們走過時總要伸頭往下看看。其實我們走不到那邊邊兒，只知道這是「現在進行式」，機器隆隆作響，工人馬不停蹄。地理課上，老師告訴我們世界上很多一級城市已經有了地鐵，包括倫敦、紐約、莫斯科和北京。這個在地底運作的系統，叫做 Mass Transit Railway。這是要背誦的，必考。想不到香港的地鐵後來連名字也不起，直接就叫做 Hong Kong Mass Transit Railway。英語老師說，倫敦地鐵叫做 The London Underground，在倫敦，市民叫它 The Tube。到香港地鐵通車了，我已經長大，考進研究院讀書了。一天，我拉着弟弟步行到石硤尾站，從那兒乘地車到佐敦。當我們坐到閃亮亮的新車廂裏，心裏非常激動。它響亮的機械聲好像要把城市的聲音全部集中到我的耳蝸裏，當中有人力車夫腳步漸漸消失的節奏，電單車越來越大的咆哮，電車轉彎時委婉的咿咿呀呀，以及的士門給大力關上的聲音。如同地下的一片巨大的透水石層，地鐵托起了地面眾多的水道，運送着幾百萬人每一天的小打算和大計劃。那時的荃灣線尚在興建，地鐵的路線圖，就只有那麼一小截，好像沿着彌敦道爬行的初生蚯蚓。如今，它已是香港的整個心血管系統了。可惜一把年紀，不時總有些小中風或者小骨折；冠狀動脈裏裝個支架，手裏拿個防滑杖，又是新的一天了。

新聞報道說，香港的公共交通系統，全球第一；這個，我們一路給承載過來的，又怎會不知道。

情如紙薄：到期單之日常

梁科慶

我在香港公共圖書館工作了二十五年，記得離職前數天，日常的職務已做得七七八八，上司亦沒分派新的差事，於是躲在辦公室裏清理舊物，實踐斷捨離。期間，在底層抽屜裏找到一張長期服務嘉許狀，大概是2019年吧，我沒到總部領取、拍照，後來經內部的文件傳遞系統交到我手上，一直原封不動的放在那裏，於是取出來看一下，嘉許狀由民政事務局長簽發，上面寫着盡忠職守甚麼甚麼，或許我聯想力豐富，竟讀出這頁A3紙的潛台詞是提醒老伙計：「你差不多到期了」，如何處置？想了想，帶回家只不過是把它遷進另一個抽屜，那時搬家在即，紙箱和行李箱的位置珍貴，便毫不猶豫地把它跟其他不想帶走的紙張一同放進碎紙機。

二十五年不是一段短時間，在同一機構工作這麼久，結果是情如紙薄，沒東西值得留念嗎？

當然不是，我交了一些好朋友，也帶走一些紀念品，到期單（due date slip）是其中之一，因為感覺自己有點像一張到期單。

甚麼是到期單？

如果你曾在圖書館的服務櫃台借書，一定不會對以下的傳統情境感到陌生：職員掀開圖書的末頁，高高舉起金屬製的日期印，「咯嚓」一聲，把還書日期蓋落貼在末頁的到期單，然後把書合上，遞書給你時不忘叮囑一句「準時還書」。

然而，現代化的圖書館一直暗中引導你別在服務櫃台借書，看，自助借書機越置越多，操作亦越見簡便，拿借書證和圖書條碼各掃描一次，在屏幕上觸按兩次，就完成借書。而最後那次觸屏乃選擇是否列印附有還書日期的收據，即使選擇不列印也不打緊，因為到期前，電腦系統自動發出手機短訊、電郵提醒你。所以，在到期單上蓋印這個工序，已在圖書館自動化的發展洪流之中慢慢省卻。

自上世紀九十年代，電腦科技開始應用於圖書館作業，方向一直稱為圖書館自動化（library automation），顧名思義，自動化是以機械設備代替人力，發展由內而外，最初集中於內部的採購、編目、行政、數碼化等工作，時至今日，借書、還書、續借、預約等流程，讀者都可「自動自覺」地在服務櫃台以外進行，這樣，櫃台的人手亦可相應減省（這是高層的首要目標）。

今天，到期單仍然存在，顯示我們處於一個新舊交替的年代，有人使用自助借書機，有人在服務櫃台借書，各適其適。

在台灣，圖書館職員早已不在辦理借書時為讀者蓋日期印，卻仍保留到期單，日期印就放在圖書館出口的當眼處，蓋不蓋讓讀者自決自助，倒受小朋友歡迎，排隊蓋印，也是一種各適其適。

在圖書館裏工作，架床疊屋，每人都有上司下屬，一級向一級負責，對外口徑一致，對內跟從指引，不容各適其適。最理想的員工是安守本分，循上司所能控制的途徑執行上級指派的工作，切忌「左道旁門」，做得好，上司下屬都有 credits；做得不好，是下屬的執行力出了問題，跟上司的決策無關。所以，職員要視自己是龐大機器裏的一口小螺絲，默默地任勞任怨；或者如同一張到期單，貼貼服服的過日子。

其實，到期單曾有「左道旁門」式的內部功用，對職員的工作大有貢獻。不說你不知，在自助借書機廣泛應用前，到期單是職員檢視圖書流通狀況其中一個指標，過程有點像福爾摩斯推理，職員根據還書日期印推算手上的書相隔多久才再被借閱，或者最後一次借閱在何年何月，如果兩者都超過兩、三年，就代表該書不受讀者歡迎。當書架太擠時，這些流通量較少的書可考慮下架，搬往備用書庫存放或者安排註銷。

至於另一個檢視指標是觀察書脊頂端的破損程度，過程更加像福爾摩斯搜證，一般讀者的取書習慣，先用指頭把書勾離書列，再整本書拿起，那個被勾的位置十不離九都是書脊頂端，勾得多，破得快，破口呈半月形，不斷向下凹陷，恰成一個指頭弧度。職員發現書脊破爛嚴重、到期單又蓋印密密麻麻，便把書名記錄下來，通知館長盡速補購。相反，書脊完好無缺的舊書，到期單又保持清白，明顯是長期留在架上，乏人問津，當然也是註銷的首選。

隨着自助借書日趨普及，不經服務櫃台借出的圖書，便沒留下日期印，到期單的作用大減，變得可有可無，令我想起三國時代曹操吃雞肋，曹操那份「食之無味，棄之可惜」的心情，恰恰反映與敵軍對峙的膠着局面，進攻不能取勝，撤退又覺丟臉，有感而發，便把軍營的夜間口令定為「雞肋」。楊修看穿曹操的心事，通知大家收拾行李。儘管曹操以「造謠」為由把楊修殺掉，最終還是撤退了事。

不知到期單這片「雞肋」在圖書館何時「撤退」？有一天當你察覺圖書末頁不再貼上到期單，或許那是一個指標，圖書館完全自動化。

2021 年，我從圖書館撤退了，有帶走的，也有留下的，我留下一本書《圖書館人間》，用十六篇小說寫下二十五年的工作總結，勾起很多舊同事的共鳴，有人多買幾本送給親朋戚友，幫助身邊的人認識自己的職場生態，也有人私底下討論角色人物的原型是不是某某。其實，到期就要離座，舊的完結便掀開新的一頁，小說發表了，不再屬於作者，讀者要如何對號入座就悉隨尊便。

在小說的後記，我寫下作者的心聲：

> 如果把工作目標下調至最基本的賺錢養家，那麼，我在圖書館的工作已算達標。經驗告訴我，這個目標不能調高，若是一個不留神，希望多做一點貢獻，沒多久，有志難伸的失落感就充塞胸臆，幾近窒息。

如果一張到期單有思想感情，相信這也是它的心聲。

電話亭

梁偉洛

「電話亭有落！」

小巴司機揚手示意。從大圍港鐵站乘小巴，不用五分鐘便會到我住的屋苑。沿途的風景並未大變：八爪魚形狀的行人天橋，屬於公園一部分的行道樹，把天空切開的行車通道，還有那曾經簇新的、插針式的單幢屋苑，也漸殘漸舊融入了周圍的景色。

跟在一位買菜的婦人後面下車，眼前只有巴士站和樓梯，並沒有電話亭。司機沒有搞錯，這是我們要下車的地方。電話亭已經消失，那是很久以前的事了，我想不起確切的年份和日期。

那是一個銀色外框的「膠箱」，沒有門，三面設有透明的擋板，板上塗了藍色來裝飾，印着香港電訊的名字和標誌。這個電話亭我沒使用過，但在同一款式的電話亭裏拍過照片。「膠箱」裏有三角形的小桌和銀色的電話，上面除了一至零，還有許多按鍵。想要打電話的人可以放入「銀仔」(錢幣)，也可以用儲值卡；電話上有一個湖綠色的小窗，讓打電話的人看到還有多少分鐘。投幣後，按下要打出的號碼，等電話接通了，便可以用黑色的話筒，與遠方的人在時限裏對話。

聽說電話亭的全盛期是九十年代初，那時傳呼機普及，街上不時會聽見咇咇的響聲，像興奮的小動物，或不知名的鳥。這時人們會在電話亭外排隊，想要打電話到傳呼台收聽留言。記得我兩個要好的中學同學也有傳呼機，要是打電話找不到他們，便要撥號到傳呼台留言。那時要找到一個人並不容易，大家都習慣等待。要是打到朋友家裏的電話沒有接通，電話機會把「銀仔」退回來。要是接通了，也得長話短說，不然在時限過後要重新投幣，談話間夾雜着一份說不出的緊張。

手提電話普及後，電話亭未有馬上消失，而是慢慢淡出我們的生活。有時看舊電影或電視劇集，還會看到各種故事在電話亭內外發生。它是《廿二世紀殺人網絡》裏脫離虛擬世界的出口，在別的電影裏則框住了形形色色的愛與慾，例如《旺角卡門》裏有劉德華與張曼玉激吻，換了《阿飛正傳》劉德華則在電話亭外苦等張曼玉的來電，《英雄本色 2》的電話亭是張國榮死前替剛出生女兒改名的地方，劉德華在《天若有情》裏用電話亭回覆傳呼，得知自己將九死一生，最後與吳倩蓮分別。還有一齣外國電影叫《來電險事》，男主角在電話亭裏接到神秘來電，成了狙擊手的目標。聽說紐約最後一個電話亭清拆後，連超人也失去變身的地方。

新聞裏説，香港有超過半數的電話亭，每天收入少過一元，但每年營運、維修的費用多達二千萬，結果支出都轉嫁到市民身上。慢慢地，這些電話亭也逃不過被清拆的命運。不過外國的一些電話亭卻變成了充電站，由太陽能發電，與把它們掃進歷史的手機和好，還有免費 Wi-Fi 提供上網。有的電話亭被改裝成小店，賣糖果、咖啡，甚至是擦鞋的檔子。有的成為圖書館，讓小鎮的居民分享圖書、唱片和影碟。在日本，有藝術家把電話亭活化成金魚缸，讓途人與金魚相遇，在繁忙生活中覓得小確幸。

而在我下小巴的地方，那個從前的電話亭，只剩下一個淺灰的格子痕跡，在灰黑色的瀝青路上提醒人們它曾經存在過。那些曾用傳呼機聯絡的朋友，也不再見面了。我握着手機，忽然意識到這一點。

香港還沒清拆的電話亭，想必大都荒廢了。在偏遠的村子、在城市與郊野的邊界上，我想像一些電話亭與山林融合，化成帶點魔幻色彩的生境。銀色箱子支撐老樹的枝葉，外殼由植被覆蓋，或是爬滿攀緣植物。亭裏成了野豬避雨的地方，螞蟻沿着電線爬行，蝙蝠倒掛睡覺。如果拉開電話亭的門，可能會看見一條蛇盤踞在三角形的小桌上，舌頭吞吐着電話無法轉譯的言語。

小巴駛遠，下車的地方電話亭已經消失，那是很久以前的事了，但它仍舊殘留在我們一些人的記憶裏，非常鮮明。不單是乘客，就連新到任的小巴司機，從前輩和乘客的口中，也得知這從來沒見過的電話亭，把記憶承傳下來，讓它不至於完全消失。它從有形變成無形，像言語，連接過去、現在，大概還有不遠的將來。

手機螢幕亮起家人的短訊。瀝青路有樹葉搖曳的影，淡淡的，似有若無。

象棋冠軍與我

麥樹堅

上次回老家，確認充當儲物室和貓咪豪華寢室的房間裏，玻璃櫥櫃內除了我的文學創作比賽獎杯，還有大如手掌的一塊木製盾形獎座。獎座藏於陽光難以照射的位置，蝕刻在銅片上的字，須挖掘深層記憶才能認清：時間為1988年，地點於我們住過的屋苑，事件是象棋比賽，結果是冠軍。獎座由主辦單位預先訂製，因此沒有刻上優勝者即我父親的姓名。

父親嘗言：少時在鄉間，靜態娛樂幾乎只有下棋，而下棋是人生的修煉，學會謀劃籌備，培養耐性、專注力、應變力，能泰然面對得失成敗，亦藉此結交謹言慎行的君子。他先教我看棋譜，示範炮二平五、馬2進3、馬二進三、砲8平6……實際上在棋盤怎樣走，接着信手翻至另一頁叫我依着描述走一遍。期間他指點甚麼是河頭車、屏風馬、擔桿炮、對頭卒……估算子力，拆解形勢。我唯唯諾諾，囫圇吞棗。父親着我閒時翻閱棋書，尤其留心寫在空白位置的批語——有家傳秘籍的意味，我卻在意遒勁的字跡，思疑他一手不錯的硬筆書法是這樣練成。

其後是實戰。父親用黑子（他篤信紅子先行），以各種讓子、讓先的方式拉近實力差距，但不一會兒我明顯處於下風，再走幾步就敗象畢呈，輸得極難看。我有多憎恨文具鋪售賣的飛馬牌美術象棋呢——每次舉棋不定都緊盯紙盒上騰雲駕霧的飛馬。偶然僅敗（也不知道父親有沒有讓），他會很欣慰，叮囑我下次要有同等表現。然而下次我運氣不佳，他失望透頂，好幾次氣得一百八十度倒轉棋盤，將穩操勝券的黑子讓給我，限我於十步內贏出。他甚至容許我悔棋，修正氣數已盡的爛攤子。每回父親都丟下評語，不外乎思考佈局不周，只懂得幾種套路，完全不曉得突襲，用奇招，棋風畏縮怯懦，易亂陣腳，末了一個詞語包攬：平庸。

對父親來說，兒子（甚或長子）在被寄予厚望的事情上表現平庸有多難堪呢？報章不時刊登少年棋王的新聞，那些天才橫溢的棋手，十歲就拿下省級或以上公開賽的錦標，將許多大人踩在腳下。父親的象棋指導開始躁進，不順心時晦氣話被喉結勉強阻擋，但從嘴唇走漏的聲調還能聽出個大概。

至今，父親也無交代為何 1988 年他會義務去當所住大廈的互助委員會主席。他人緣好，無架子，無論是誰都能談個開懷。他有本事於青島旅行期間，不改清晨緩步跑的習慣，路上跟個素未謀面、滿手泥巴的農夫談得起勁，農夫想丟低莊稼帶他去吃個地道的早茶。

哪裏來的雄心壯志呢？得到鄰近幾幢大廈互委會的義務支援，調動有限的人力、物力，父親籌辦了屋苑規模的象棋比賽——只要是這個屋苑的成年居民均可報名參加。初賽在星期五晚上八點正舉行，抽籤後實行單敗淘汰制，對賽名單與流程張貼於連活動腳架的壁報板上，立於屋苑有蓋通道最吃緊的交匯點——連接商場、車站和屋苑第一、二期。飯後我落街去湊熱鬧，被居民反應、比賽規模嚇着。數十名初賽選手圍住召集處，一群後知後覺的居民擁上去查詢能否即時報名。幽暗的屋苑環境，被臨時接駁的電源搞得燈火璀璨，數百顆鎢絲燈泡營造小型嘉年華的歡騰，頓時人聲喧嘩。有蓋通道闊約三米，每條支柱下置一方形摺枱、兩張摺凳，枱上一副未開封的象棋。我沒有點算摺枱數目，至少也有十張吧。聞風而至的街坊愈來愈多，晚歸的居民也停步圍觀，不時傳來旁觀者的喝采，而戰況激烈的棋局外能圍上數十人。這夜屋苑熱鬧之象，只比中秋夜賞月的場面差一點。這個只辦過一屆的屋苑象棋比賽在部分街坊、參加者和得獎者的記憶留下印痕，獎座是最實體的紀錄。

父親是比賽搞手，也有報名參賽。我不曾旁觀他的賽事，怕見證他落敗出局，反而做了件丟臉的糗事。已分勝負的場次，摺枱上閒置一副有待收拾的象棋，小孩子模仿大人自行比試。受環境、氣氛影響，我自以為棋力尚可，欲嘗得勝滋味，興致勃勃找個能橫掃的對手。一直沒有小孩搭理，直至表露身份——我是主辦單位負責人的兒子，才有個初小學生模樣的男孩奉陪。開局不久他已穩佔上風，好事者嘴巴不乾淨，恥笑我有辱負責人的名聲。如坐針氈卻不敢抱頭逃跑，也不好意思汪着淚水乞和，我巴望工作人員前來掃場解窘。臨近終局，我屏着呼吸迎來「剝光豬」的羞辱——更怕這恥辱的消息傳至父親耳中，擾亂他爭勝出線的心神。幸而那男孩心散，後勁不繼，最終我僥倖賽和。失去談資，圍觀者一哄而散。我背靠通道的支柱喘氣，紙皮石冰涼徹骨，原來我上衣後襟濕得淌水，這回教訓叫人貴自知。

複賽當晚我窩在家裏，儘管同學打電話來催促：「你老豆又贏一場啦。」想借助我的身份方便擠進大人圍觀的圈，我淡然掛線。決賽當晚，父親大約八點鐘出門，我沒有等他回來就上床睡覺。

父親是屋苑象棋比賽的統籌，最終拿下冠軍，固然比賽是眾目睽睽下的公平較量，他憑實力站上頂峰，惟從結果去看，不得不説尷尬。所謂「主辦單位之員工及其家屬不得參與是次活動以示公允」的避嫌行政安排，於我長大後在徵文比賽報名表的附註中找到。未知是否受賽果影響，翌年父親不再出任互委會主席——他要跑內地謀生嘛，這也是事實。繼任人沒有辦第二屆象棋比賽，其後屋苑沒有一個互委會扛起主辦的任務，或許這就證明了誰胸腔裏的象棋之火最熾烈。

升中以後，我沒有跟父親下過一局象棋。不巧學校規定學生必須加入至少一個興趣學會，我申請的運動學會都不要我，末了僅有棋藝學會有餘額。棋藝學會雖然有國際象棋、圍棋甚至飛行棋供會員借用，但被我們戲稱「井伯」的負責老師顯然把學會當成中國象棋學會來辦。棋藝學會的例行活動不過是安排會員輪流對賽，記錄成績。我常常想退社，但欠缺學會會籍必被校方刁難。每周我都被那位喜歡下棋的同學揪住衣領帶去開會，他面色紅潤，嘴角上揚，對，因為只要我在，他鐵定不會墊底。我的對戰紀錄是0勝、1和、XX（最大數值的）負。那個「1和」是同學大費周章地施捨的——明明能輕取，卻在勝券在握時白白獻子。吃子的聲音此起彼落，充斥活動室。我是四肢躁動的猿猴，釋放我去籃球場吧，我可以穿白布鞋原地跳起扣住籃框。

大學第二年，我得了個大型文學創作比賽冠軍，理由充分才敢邀請父親同往頒獎典禮。中途他胸口作悶於過海列車昏倒，要送急症室。我遲疑應該同上救護車，還是照樣前往會場，雙目緊閉、呼吸沉重、臉色蒼白的父親擺擺手打發我離開。那是我出席過最難熬的頒獎典禮，時時刻刻想離場。頒獎典禮前夕的記者會，有媒體問一個既損害主辦機構地位，又質疑得獎者（算是衝着我而來）水平的問題，被林文月老師一句話漂亮終結。林文月老師不慍不怒的一着，酷像轟然的一下「將軍」。該晚我捧着巨型獎杯抵家，父親眼皮軟垂，反應遲緩，解釋前晚應酬時喝太多烈酒，傷了肝膽（後來做了微創手術）。本想藉着那次登上鎂光燈閃個不停的頒獎台，借助會場數百人的歡呼聲與掌聲告訴父親：我下棋完全不行，但寫作還可以唷。翌日報章港聞版刊登我的得獎照片，清晰可見獎杯的仿木底座刻上我的全名。

那年趁着搬屋，父親棄置大量棋書，只留下親手繪畫的筆記。及後父親成為網上連線象棋遊戲的無冕帝王：當收入漸趨穩定，我送贈筆記型電腦給半退休的父親作聖誕禮物，教他上網登入遊戲的方法，他由新手等級開始挑戰世界各地的玩家，贏取一定的局數就可升級。大半年過去，熬了無數個夜晚，父親躋身遊戲的最高級別，只挑、只接受高手比試，還炫示他跟某個厲害的傢伙（毫無意義的數字用戶名稱）對戰紀錄是幾勝幾負，獲得虛擬的頭銜和勳章。遊戲不設聊天功能，難以得知網絡另一邊是甚麼傢伙：青出於藍的少年棋王？夜半失眠的職業棋士？同樣賦閒在家、棋癮發作的老人？甚至是測試中的人工智能，正在收集數據的超級電腦？用戶會籍需每月或每半年付費更新，我悄悄刷信用卡幫父親續會。大抵象棋遊戲系統不賺錢，網站倒閉是遲早的必然。雖然仍有其他網上象棋遊戲，但玩家等級需由零開始，而且用戶棋力平平，父親興味索然，遂專心養貓，起初三頭，如今兩頭。

老家那個玻璃櫥櫃是我們的榮譽之塔，連我高中陸運會的跳遠銀牌仍在。其他家庭成員的獎牌、獎座數量相加，也不夠我的文學創作比賽獎杯多。老家的貓得寵，要是撩起獎項的話題，父親可能會戲謔連貓隨便撥弄象棋棋子都贏我。

對貓而言，玻璃櫥櫃只是跳台，讓牠們借力躍至更高位置傲然四顧。每次上落令櫥櫃搖晃，合金獎牌、水晶獎座、金屬獎杯互相揩擦，或與玻璃碰撞，發出極短促輕微的共鳴。

父親那個木製盾形獎座從不吱聲。

靜夜深情

麥華嵩

在英國工作了十多年，最不習慣的，是身邊的人普遍早睡早起，晚上最遲十一時就寢；我卻是長久以來都是晚上十一時才開始一天的「黃金時段」，不是看電視或串流電影，就是一邊聽音樂一邊工作，不到凌晨一時不願意入睡。我有些同事，早上五、六點已起床，到我早上十時許吃完早餐、開始看電郵時，他們已經作過好幾輪溝通。他們之中有一些，年輕時也是夜貓子，但成家立室有孩子後，要跟孩子的清早上學規律一起作息，漸漸養成習慣；我則一直戒不掉夜貓子的習慣，就連本文也是大體上於午夜後寫成的。

其實，我今天在英國一所大學當教研職位，亦因為我是夜貓子。話說當年在香港，我曾經做過的撰稿與編輯工作，都要求我早上十時回到辦公室。每天十時上班，對很多人來說簡直是縱容賴床，對我來說卻還是要求太高。後來我留意到，在大學裏當講師教授，好像有「彈性上班時間」，除了早上上課的日子，可隨意選擇甚麼時候在學院出現，似乎是專為夜貓子而設的工種！現在回顧當年妙想，只能說：我現在確是通常不用大清早開始工作的，早上上課也不多，但重要的是，儘管是「彈性上班」，因為要兼顧研究、教學和行政，一天二十四小時不斷飛逝，無論晚睡晚起還是早睡早起，都是一樣的困身。

印象中，我認識的香港人都比較夜睡。有兩位以前念中學時的老師，多年來每晚深夜才睡、一早起床，全無倦意地、精神奕奕地上課，我很是佩服（其中一位說他小時看拿破崙傳記，得知拿破崙一天只睡幾個鐘，竟就模仿起來，養成了一輩子的習慣……）。也有香港的朋友說過，不到一兩點睡，就總覺得浪費了晚上似的。我很有同感呢；我也覺得晚上比較靜，可以集中，令工作特別有效率。

但我對夜深時分，是另外有特別深厚的感情的。我說的不是夜生活的魅力——我不是愛在夜間趁熱鬧的人，頂多有一段日子愛看電影院的深宵場次，但那也是一伙陌生人一起不動也不作聲、「零交流」地呆望銀幕的事兒。我說的是，我對寂靜的夜很有感情。例如，我有一幕特別深刻的童年回憶，是我坐在舊居的書房兼睡房裏，望出窗外，看見大廈林立、燈火寥落的黑夜，房內的收音機同時悠悠地播出一首歌：

良夜是靜悄悄　人睡着了　獨我愛夜靜
毋負那好歌聲　那好歌聲　一一仔細聽
意念融匯歌聲　跳進曲中意境
能忘盡了寂寞　盡去寂寞　曲曲細聽

是關正傑為深宵電台節目《良夜好歌聲》而唱的主題曲。我是怎麼會聽到那首歌的？小孩子難道不是深宵前就已被大人催趕去睡的嗎？我記得了：哥哥一定也在房間裏；我們是在同一房間睡的。哥哥很愛聽播放流行曲的電台。既然哥哥和我一起，當時一定是夏天，整日開放冷氣的夏天，哥哥自英國寄宿學校回來放暑假。他應在念高中，快上大學了，我則還在念小學。房間是綠色的：裝修時，媽媽讓我選擇我的房間用甚麼牆紙，我選了滿是綠色蔬果圖案的設計，現在已忘了為甚麼——我小時怎會如此熱愛綠色蔬果的？——哥哥因為放假的日子才回來住，沒有選擇權，何況我一定又叫又嚷，強烈要求我的書房必須依照我的個人品味去裝修，於是弄得一房都是綠。

就在那綠色的書房兼睡房裏，在某個童年的暑假靜夜，我和哥哥一起，聽《良夜好歌聲》。哥哥可能是開着收音機溫習，畢竟他要應付公開試，要上好的大學就要考得好成績，因此暑假就要準備。記憶中，我不是在睡，也沒有做別的甚麼，只是在床上坐着，不作聲地傾聽關正傑的歌聲。哥哥想必已關了房燈讓我睡，只剩下書桌燈開着，我是在燈外的黑影中聽歌的。哥哥一定已敦促過我早些睡：「嗨，都過了午夜了，小孩子還醒着幹嘛？」但我沒理會他，只繼續聽歌。我看我只是因為喜歡那音樂而不睡，不是為了想多些時間醒着跟哥哥一起。那時候，我太小，一定沒好好想過，爸爸去世後，只得我和媽媽在香港，哥哥孑然一人在英國念書，他在家的日子其實很寶貴。現在，哥哥和媽媽都已身故，只有當年直至現在對深夜的感情——因為《良夜好歌聲》輕快溫暖的音樂而燃起的感情——存留在腦海之中。

如此說，我自小已經是夜貓子。哥哥在英國時，媽媽叫我入睡，關了房燈離去後，我就會躲在被窩裏，開了電筒看書，自以為不會被發現。其中一本如此看完的書，是一輯談動物的短文集，叫《動物談奇》，裏面完全是文字。在今天精裝印刷泛濫的年代，很難想像一本關於動物的普及讀物會一幀圖片也沒有。那本書今天仍在我的英國房子的閣樓舊物當中，寫作本文時我找出來翻了翻，單是看篇名如〈旅鼠與人口爆炸〉和〈奇妙的蜘蛛〉也覺有吸引力，內文讀上去也是蠻生動的。

聽《良夜好歌聲》之後十年，輪到我去英國留學了，哥哥反而回到了香港——接着又移民到了加拿大，再回流香港……都是來來去去的，和不知多少香港人一樣。又過了數年，我自英國回港，雖然缺乏與文字相關的履歷，卻幸運地獲聘為一間報館的小記者，之後輾轉在互聯網泡沫的千禧年前後，於一家求職網站當編輯。我對那些年的記憶，多數以夜為背景，大概因為常常工作至頗晚。有一趟，我在公司裏一直幹活，不知不覺到了九時許。我抬頭張望，瞥了一眼開放式辦公室的一行行桌子，自忖沒有人了，就一邊繼續工作、一邊快意地引吭高歌：

日日夜夜望穿雙眼心已破碎

悲悲淒淒罵你怨你一醉再醉

風冷雨冷　滲着熱淚

飲千杯苦酒替你贖罪

一些熟識我的人讀到這裏，一定會掩卷歎息，甚至不忍看下去，因為我自小唱歌絕對走音，例如小學時有一次在音樂老師面前唱了一首兒歌，老師竟聽得絕望地搖頭，以致我多年來都不敢在別人面前開腔。當時於辦公室內放下戒心，自然是以為附近一個同事都沒有。誰知道，我唱完約半分鐘之後，幾張桌之外一部電腦的後面，響起窸窣的聲音：一位平面設計部門的同事站起身，若無其事地離開辦公桌，再若無其事地離開辦公室；他連望也不望我一眼。我和他不是太熟，之後也沒有怎麼打交道。其實，我是很想向他誠摯地說一句對不起的。

至於那首歌：它是九十年代末亞視劇集《我和殭屍有個約會》的主題曲，王馨平主唱，曲名是〈夢裏是誰〉。我看，我也對王馨平小姐和該曲的創作班子欠了一個道歉，因為自己糟蹋了一首低迴泣訴、濃情依依的好歌。說起來，我當年是每晚追看《我和殭屍有個約會》的劇迷，而我一向極少追看電視劇。到了今天，我很慚愧已忘了劇情，心裏只剩下一些演員的名字：萬綺雯、尹天照、楊恭如、杜汶澤、陳啟泰、張文慈、吳廷燁……還有兩位主角的造型：萬綺雯穿迷你裙和長靴的殭屍獵人馬小玲，和尹天照一身黑色皮衣的憂鬱殭屍況天佑。我還記得萬綺雯和尹天照的角色理應是大對頭，卻互相愛上了，另外就是劇情十分奇特和有創意，並且很浪漫淒美，最後好像是一對主角情侶阻止了世界末日（我可以上網找劇情資料核對，但核對了又如何？還是繼續談記憶中的印象吧）。

但令我印象更深刻的，是劇中的夜。

印象中的《我和殭屍有個約會》片段，都是在夜裏發生的，而且背景都是香港都市華燈下和馬路上的夜，四周沒有一個途人，只有馬小玲、況天佑和他們要對付的鬼怪。香港都市可以沒有人嗎？可以的，你過了半夜在街上走走，只要那不是旺區如銅鑼灣、尖沙咀、旺角或中環夜店街道等，你就不會遇上很多人，除了高速飛馳而過的疏落車輛中的司機和乘客，包括的士（裏面可能坐了一車醉鬼，司機心裏埋怨他們的酒氣，默默祈求他們不要在車裏吐）和深宵小巴及巴士（例如清晨四、五時載着機場工作人員往赤鱲角的班次）。你會看到一個和日間完全不同的都市——一個荒涼的都市，只有零星的大廈燈火和病黃的街燈在不動地、虛弱地陪伴你。

我看，《我和殭屍有個約會》的淒美觸動我，是因為不少情節發生在香港冷夜之中——此處「冷」不是溫度的冷，而是缺乏人群氣息的冷；就像歡宴過後，賓客盡去，一片杯盤狼藉之中，一個孤獨頹然的身影徐徐徘徊，沉思繁華背後的虛幻，感懷自身際遇起跌，回想一生如何被愛或被傷害，以及愛過和傷害過甚麼人，由是喚起心魔，被心魔控訴、折磨，或與心魔激辯、對抗。電視劇的編劇與拍攝者所成就的，是將心魔變作故事的怪物，再引伸出奇幻的捉妖篇章。

我被《我和殭屍有個約會》中的夜所吸引，正是劇集仿似投射了我自小對香港的夜的感覺以及種種想像。也是為了向世界傾吐這些感覺與想像，當年本來在英國念研究生的我，才會放棄學業回港，跌跌撞撞地找尋發表文章的機會。我今天雖然仍在寫文章，卻也早已為稻粱謀回到英國。我所在的小鎮，不是幾百萬人擠在一起的大都市，它的夜雖也寂寞，卻還不如香港的靜夜令我感動，因為沒有日間的極端繁華喧鬧可作對比。我還記得，在不知多少個香港晚上的其中一晚，我站在蕭瑟的街道中，望望四周被燈火照亮的城市景物，再望望天上又黑又藍的無星夜幕，只覺得這小小地方的無數心靈——無數掙扎、欲求——都被純化、抽離以至消融進顫抖的、帶海洋味的空氣之中，成為充塞空氣的無聲吶喊。對啊，香港的深夜，到處都是無聲的吶喊，是活人幽靈聚集的沉默嘉年華。

執筆之時是 2022 年 9 月底，我已有三年沒有回到過香港。網絡媒體和社交平台正熱議政府放寬入境隔離限制的消息，在外的香港人都想望回去。我當然也有類似的想望。要是終於回去的話，我會看見怎麼樣的一個香港？怎麼樣的一種都市靜夜？於是想起了《我和殭屍有個約會》第二輯的主題曲的一段歌詞。似乎第二輯比第一輯還要成功（它的卡士肯定更鼎盛，有任達華的！），一些網民還讚歎説，蔣嘉瑩主唱的第二集主題曲〈假如真的再有約會〉是經典。很可惜，跟第一輯一樣，我已忘了第二輯的劇情，只同樣記得自己熱情追看，也同樣記得劇中的無人都市夜景，和情節與對白十分有創意。現在在網上聽那主題曲，只覺它抒發依戀悔疚的深情，十分繚繞感人。

至於特別令我想起的一段歌詞，則始於這兩句：

純真愛　難記認
人間本來應該是有情

這是一個很不快樂的年代，人類被疾病、戰爭等圍堵、打擊。在如斯失落與憂患之中，人不是應該更有情地互相扶持愛惜的嗎？我們卻只見到，城市的靜夜變了真正的死靜，因為大家都作靈魂與肉體的自我隔離：

望這不再熟悉破落故城
何以變了這樣寧靜
長街失去歡欣笑聲
留下我孤單的一個生命
凝望這風雪未知哪日會停
來世你我要是重認

儘管如此，我還是對未來有所希冀的。我也期待再次回到香港，再次在無聲的都市之夜裏躑躅街頭，聽聽燈火和空氣會跟我説甚麼，看看我和靜夜能否重拾過去的深情。

社區人與曼德拉

曾詠聰

C傳來一則帖文，相中一名性感少女蹲踞兩列貨架之中、紙皮石階磚之上，失焦背景裏隱約瞥見雀巢半身雪糕櫃，以及十多年來我們都未及解鎖的貨倉禁地。相片色調經過調整，記憶中豐盛辦館雖然幽暗，但絕不是陰森，可能是用以凸顯少女身上的艷麗小背心，又或是呼應那帖文的內容：沒想到拍下這輯相片的兩天後，這天再去，這間屹立數十年的小店便黯然結業，真可惜！盯着少女咬緊紅唇，倚着貨架擺出媚俗的、半瞇着眼的思念模樣，我差點就和她一同緬懷沒有她的過去。

當然我不是完全不覺惋惜，只是離開了那小區、大學畢業後到過京都的東本願寺，讀過寺裏一塊牌匾：「『死』的存在，是賦予『生』無限意義。」好像從那一刻起，我立即覺悟，明白老套的聚散有時，就是有些事情注定了結束，我們才會珍視和享受。永生，好像比現在更叫人百無聊賴。正因如此，回顧預科兩年在社區會堂溫習，那裏的人和事特別豐饒、充實，大家都知道彼此是過客，一同奮鬥、一同玩樂、一同到那如今猝逝的豐盛買五元三支樽裝水回去，一切一切都命定在高考後消散，說好再見其實不然，我們知道。高考最後一科必然是中國文學，我坐在只得自己的自修室，沒有任何〈月下獨酌〉的矯情，好像存心等待結束，明天如何，都需要有人關燈，燈光慢慢聚焦，接着收結。

結局可能就是阿雞結婚，像電影劇集，十多個已在職場打滾的舊朋友聚首，交換近況，說起以前，同喜同悲。這畫面我是故意不放在文末，沒有人需要既定方式退場。司儀喚了一聲「社區人」，唱雙簧似的介紹這個組織背景，我們就穿過賓客奇異目光，走上台，拍照，沒有繼續聯絡，各自回到自己熟悉的、獨有的座位裏，扮演一塊安分守己的齒輪，埋頭溫習心事。

我早就知道，考試，包括人所畏懼的公開試，其實是相較容易的人生關卡：問題不會超出範圍、設有時限、不問態度或創意、無需奉承、過程中有人協助、誰聽到溫習都滿有鼓勵、等待有期、必定有結果，無論好壞。

每天早上爬起來，走過滿地木棉花的行人道，關門口村、城門谷，最後是石圍角，像武俠小說各地門派的據點，才到達自己的堂口——石圍角社區會堂。七時半，門外給輪椅通過的斜路就站滿人，Apple 姐或 Peter 哥這時才回來，挾着早餐和報紙，跟每個相識的學子打招呼，叫我們多等一會，八時正才準時開門。我從沒有排過首位，也沒見過住附近的韋哥站最前，反倒是一山之隔、家在象山邨的阿雞永遠是第一，印象中他總是倔強，最冷幾天亦只穿一件白色 Puma Polo，和我們到豐盛買零食的一段路，他逍遙地雙手負後，暗暗發抖，不明所以，尤其他的未來太太從沒來過。這裏的人大部分都認識，知道彼此來自哪間學校，修讀多少科，甚至 JUPAS 排位，唯獨不知道的是對方全名。而沒交談的那些，我們也會以借代或借喻命名：白頭佬、細粒、肥美、高佬，還有疑似在自修室內放屁的霸氣哥，他們每天都來，留守自己座位默默耕耘，不像我們，選好座位便到老麥吃早餐、到豐盛買水、以練習口試為名到外面閒聊，把「社區會堂」的「街坊劇場」搞得比尹天仇有聲有色。

我們最大的聯誼活動，便是在社區會堂外踢毽。石圍角社區會堂前有一個迴旋處，但因這邊是禁區，很少車輛出入，我們便以半身欄杆為網，分站左右兩側對壘。如同所有運動的發明過程，我們不住增加自己的規矩：女生可以用手、毽子碰到後面大樹便重開、賭注為豐盛玻璃樽細可樂等。那時無綫剛好播放《鐵馬尋橋》，我們便舉辦擂台晉級賽，一對一，五元報名費，勝者可得「武狀元」稱號，以及所有五元輔幣。我是不介意女生稱我作「社區馬國明」，畢竟人家都是男主角，高大俊俏，劇中武功高強，符合人物設定，但鐵欄另一面是劇中被嘲「青雞面」的「社區林嘉華」，十來歲被指與年過半百的奸角相像，那年新聞報道一男生因青春痘鬧自殺，動新聞竟致電林嘉華，採訪他如何面對皮膚及自信問題，嘉華哥支支吾吾，尷尬不已。聽着一聲一聲「馬明加油！二哥加油！」，此起彼落，「社區林嘉華」不敵 HP 每兩秒回復一格的我，實屬劇情需要，理所當然。

踢毽的樂趣，除了提供「行氣活血，方便溫習」的藉口外，還給予我們茶餘飯後的笑話重溫。諸如韋哥為了取回掛在樹上的毽子，將人字拖往上用力一拋，最後毽子跌回來，拖鞋卻留在樹上。每每談起，我們都記得他挾着筆記書本，無奈地一下一下跳回家，我是後來才發現，事發時我根本不在現場，那畫面不過是「曼德拉效應」糅合《殭屍先生》的零散片段，在哭笑不得和驚慄之間，留下一些關乎社區人的注腳。如同我某天在櫃台翻讀 Apple 姐的免費報紙，她跟我說早兩天黑色暴雨，水渠淤塞，渠務署的人趕來，撈出一大堆毽子，他們頓覺莫名其妙，或要自行幻想才能完成報告中的前因後果。作為那屆「武狀元」，我建議渠務署翻查那年港台處境劇作證據，某天我們比賽期間，一名長髮披肩、穿着多袋攝影背心的青年走來，先請我們向着疑似徐步高搶槍那棟公屋揮手，再跟我們說，他們正在拍攝，除了要把我們攝入空鏡外，還懇請我們聲浪收細，多謝合作。

我們最後都沒有翻查到底是哪齣節目、哪些片段，就似我從沒有翻看考試後去當臨時演員的電影，我清楚知道自己不是等待發掘然後入行的潛質演員，更多時候我都是站着、行走、經歷，沒有細想值得不值得，沒有拼命抓着機會。在每天的循環裏，我就是穿過各大門派，排隊，吃早餐……按部就班地完成整個高考期，偶爾認識新朋友，突然被 Apple 姐徵召護送某陌生女生回家，還專注地替對方搜索可能是虛構的癡漢，揮手說再見，就回去繼續半耍樂半溫習，多簡單。

應考文學前一晚，我繞着迴旋處背誦詩句，明日到底會如何？我沒有絲毫概念。蹲在石壆前盯着社區會堂，前面大樹懸吊着幾隻毽子，像許願樹，太黑了看不見人字拖去向。會堂裏 Peter 哥正打瞌睡，我會提早離開，好讓他準時回家。仍未到東本願寺，卻已知道結束的必要。自修室內只有幾個大學生趕報告，沒有認識的人，也沒有借代借喻 NPC，人和事或許都是我憑空捏造出來，如同江湖傳聞，《叮噹》最後一集，大雄赫然發現所有冒險都是晚上蓋被子想像出來，日間面對技安的欺凌、阿福的嘲笑，以及心儀的靜宜與優才生出木杉越走越近，只好幻想一隻機械貓保護自己、聆聽自己。而那隻機械貓還要受過創傷，哭得變成淚的顏色。同樣一下子只剩下我一人，黯然，還有當然在場的管理員，方配合這冰凍的自修室，和鐵價不二的考試制度。

當你讀到這裏，以為最大的反轉就是老生常談的《幻愛》套路，所有人情味小區的情節都是我杜撰出來時，我就要跳過考試和等待，刪去重遊舊地的劇情。沒錯那年過後，兩位管理員便被辭退，理由同樣冰冷：職務被合併了。那些年以環保為由、建立小圈子為實，取代每次簽名進自修室的自製過膠卡牌，沒有人回去領走。我甚至不記得，我在上面畫上甚麼。在我幾乎可信誓旦旦、言之鑿鑿地宣佈，從頭到尾，這段經歷只是一個溫習得苦悶、翌日又要應考文學創作「寂靜中的聲音」的預科生，構想出來的《七十二家房客》和《六樓后座》變奏版時，我用「甩牌」形式為高考文學甩出了一支火箭，沒錯，就在母校最後一屆文學科裏，讓她擁有金盆洗手的真憑實據。

「如果應考前一日，我哋無喺社區前係咁拍波引你出嚟，你邊有咁好成績？」C 說。

「行氣活血，方便溫習呀嘛。」我的嘴巴不受控制地回應道。

「以後你都可以同學生講，唔好死讀書，做吓運動，放鬆啲好過啦。」

還未完，多贈你一個有趣的曼德拉效應：小背心少女後來又多發一則帖文，指豐盛辦館並沒有結業，只是路過它鐵閘緊鎖那天，原來是重陽節。哈哈，歹勢。接着就是她張開雙腿，紙皮石上擺出嫵媚誘人的照片，C 按讚動機未明，卻證實這篇無病呻吟本來並不需要。誠如某次我們合資買下一隻某人聲稱「睇好」的駿馬，一眾男女圍着 Peter 哥櫃台的收音機，聽着那隻馬後勁不繼，越走越後，最後消失。一行人到豐盛購買可樂散心，互相埋怨，夾雜潮州話口音的老闆笑道：「你班友搭沉船，考大學就考大學啦，搞咁多花臣！」哈哈，歹勢。

後記：本文交予編輯一星期後，C再給我一段影片，片中女生介紹石圍角邨，期間到豐盛購買按樽朱古力奶，付款時另一客人問老闆「做到幾時」，老闆回應聖誕前後，我和片中女生一同驚訝，並聽着老闆解釋是全部商鋪「冚唪唥收晒」，我想這是最後一個反轉了，也是唯一一個我和你們都始料不及的大反轉。

尋隱

葛亮

我在水塘的盡頭，找到了「南嶺磁廠」。

事實上，這是一幢三層小樓。奇異的是，這小樓不同於之前所看到的任何一座。底下一層青磚砌成，牆根生着厚厚的青苔，一望即知是老屋，有了年份的。上面兩層，卻彷彿是新蓋的。沒有刷牆漆，混凝土都裸在外面，沒有雕飾與講究，倒莫名地和底層一體渾然了。

這時，門開了，從裏頭走出了一個男人。雖然已近深秋，他倒是只著了汗衫。似乎沒看到我們，兀自點起一支煙。一邊抽，一邊撿起根樹枝，在牆上劃拉。我一看，是陽光投下的樹影，在磚牆上綽綽地閃動着。男人正沿着那輪廓的邊緣比劃着。煙抽完了，他很嫻熟地往外面一彈，一邊清一清嗓子，就要進去。餘光一掃，恰看到我們，便轉過頭問，你找誰。

我這才看清，男人原來是個上年紀的人。眉毛全白，長長地拖垂着，是常說的壽眉。眼角有深深細密的皺紋，額頭舒展發亮，看得出是愛笑的人。頭髮卻烏黑烏黑，我想必定是染的。

我便說，我們是謝小湘介紹來的，來找鄭先生。

他答道，這裏有三個鄭先生，你找哪一個。

我想一想說，是不是有個筲箕仔？

他愣一愣，哈哈大笑起來，後生，居然說得出「筲箕仔」，肯定是遇到天后廟那班碎嘴阿婆嘍。

沒等我答，他就招招手，帶我們進去。

原來裏面數個靠牆通天的鐵架，即使陽光昏暗，也可看到琳琅地擺滿了瓷器。擺得並不整齊，東一堆，西一摞，卻不凌亂，似乎有某種我所未曾看出的規律。花瓶，各式碗碟，茶具，甚至觀音和媽祖像，參差其間。這男人打開了燈，我才看出這瓷器顏色的斑斕，甚至閃爍着某種金屬的色澤。沒待我們仔細端詳，男人說，不着急，好東西很多，等會兒慢慢看。

他便引我們上樓，一邊囑咐我們腳下留意。上了樓，又是層層迷宮一般的貨架。到了盡頭，才看到有個人埋首在桌前。頭埋得很深，只看到一個頭髮稀疏的頭頂。方才那男人就笑道，筲箕仔，有人來探你。

那人就抬起頭，我才看到是個瘦削斯文的中年人，皮膚青白，像是許久不見陽光的緣故。他鼻樑上架着眼鏡，鏡片很厚。這時稍稍推上去，打量我們。

男人便對我們介紹說，這是鄭生，我們老闆。

我對他致意，並告訴他是謝小湘介紹來的。他笑了，說，歡迎歡迎。

男人便說，不阻你們，我去做事了。

鄭生側過臉，對他說，唔該你，段師傅。

看到他側影的一瞬間，我迅速地聯想，為何他有「筲箕仔」這個諢號。大概是在他少年時，出自某個不太厚道的大人。他的下巴過於突出，而面龐又內窪了進去。用筲箕來形容他的臉相，有着刻薄的意味。

鄭生的一聲招呼，讓我回了神。我跟他說明了來意，說實在是事有緊急，跑到這裏來找日本的同款瓷器。這事隨緣，不勉強。

他聽了笑笑說，謝生介紹是沒錯的。我這裏還真有些當年給日本代工的存貨。有 Imari（伊萬里）也有 Satsuma（薩摩燒），都是六十年代燒製的。我幫你們找找看。

他從抽屜裏拿出鑰匙，返身打開深厚的鐵櫃子。翻找了一會，才找出厚厚的一本相簿。翻開來，前面許多頁是黑白線描的圖紙，似乎是瓷器上的圖案紋樣。再往後翻，出現了彩色紋樣的照片。我注意到每頁的右上角，都有個數字。

鄭生說，這麼多年積下來的，從我爺爺開始。每個師傅都有自己的編號。他停在一頁上，嘆一口氣，說，這康熙彩花鳥，林小和師傅是獨一份兒。他上個月剛過身，以後仿江西瓷的線稿，怕是沒人畫了。我之前做了些膠印，但始終是不及手工。

你看這水太紅用得多好，寫在人物上也有光彩。在他指點下，我看照片上是一隻喜鵲鬧梅；另一張是對首和鳴的彩雀，棲在牡丹上。我問鄭生，這些鳥，怎麼都沒有眼珠。

鄭生笑一笑，廣彩的師傅，各有擅長，有人畫雀鳥，有人畫公仔，但點睛的活，是留給最資深的大師傅的。特別是大物件，點了睛，拜了窯神和祖師，這一窯才算成了。

他翻着翻着，忽然說，找到了，「伊萬里」都在這裏了。你們看看是要甚麼紋樣。

我將先前拍的碎瓷，拿給他看。鄭生一幀一幀地對過去。停停，沉吟一下，說，你看看是不是這隻，大紅描金碟？

我仔細一看，眼睛亮了。照片上的瓷器圖紋，竟如打破的盤子別無二致。

鄭先生說，失陪一下，我去給你們拿貨。

鄭先生走遠了，似乎和剛才的段師傅說着甚麼，接着便響起了上樓梯的聲音。我就在這堆滿瓷器的房間裏「隨便看看」。但其實並不可能很隨意，因為一舉足，或轉身，都可能磕碰到甚麼。在一處角落，立着半人高的大花瓶，有黛青色的假山，前面有個面相淒清的古裝女人，坐在石凳上，眼神如訴，惘惘地看着我。各色的杯盤碗碟，散漫而有序地堆在她的四周。其中我看到幾隻盤子上，有青綠色的盾甲，纏繞着紅色的蟠龍。我在畫報上見過，知道是歐洲貴族的家徽，這種是訂製的紋章

瓷 。如今蒙塵了。而在另一架上，擺着許多奶勺和茶杯，倒是很新。上面用單色繪着《丁丁歷險記》那隻著名的雪納瑞犬，想必是為呼應近年的市場。

這時鄭先生走下來，手裏捧着一隻盤子。圖案和款式，果然是那隻。但是描金卻黯淡些。鄭先生便說，瓷器就是這樣，每一窯的溫度、顏料、瓷胎不同，出來的效果都不一樣。我們廠到七十年代，織金都是用真黃金金粉，成本是高些。您原來那隻，用的是德國金釉，算是新技術，看起來明亮堂皇，長久總缺了些味道。瓷器跟人一樣，老就要有老的模樣。他翻轉盤子，底部上刻着"JAPANESE PORCELAIN, DECORATED IN HONG KONG"。這是日本的白胎。照我說，江西胎倒更好些，日本瓷有點太膩了。但韓戰後，美國抵制中國貨，我爸爸因為保留了一批江西胎，還吃了官司，唉。

我說，老闆，我方才在架上看到了這一隻，您幫我看看。我父親屬雞，我想買了送給他。

鄭生接過來看看，笑了，說，這是老物，我們戰前出的。和日本人打仗，瓷器仗也打，景德鎮停產，就靠咱們廣彩撐持。那時候名古屋出的瓷，多半通過大南和近藤兩間洋行轉口香港，每月幾千箱。廣彩有我們和「亞洲」、「西灣」幾個磁場聯合，在灣仔和蘇杭街經營，多半算是打了平手。

我說，瓷器的講究，還是要在中國的老東西裏找。

鄭先生將那盤子細輕輕擦拭，說，這隻「錦邊鬥雞」盤，可有故事呢。

他走到架上，找了一會兒，找出另一隻盤子，說，你們瞧瞧，兩隻可有甚麼不同。

我仔細看，這兩隻盤子上的五隻大公雞，都是雄赳赳的。姿態、眼神、乃至在盤上的位置，別無二致，形制和花紋更是分不出寅卯。除了後面那隻看起來新淨些。我恍然道：尾巴。

鄭生大笑，好眼力。您挑出的這件，是當年我們廠的胡應老師傅畫的，他善畫雀鳥，廣彩界人稱「翎毛王」，「鬥雞盤」是他的當家。這後一件是他傳人胡潤廣畫的。畫得也好，叫個「小翎王」。可他自己不服氣，不願走師父的老路。胡應畫的雞尾垂順，他偏要畫得根根翹起，張揚得很。也是少年得志吧。所以啊，這鬥雞盤有個說法。公雞打鳴，白菜喻財，合起來叫做「功名富貴」，是好意頭呢。

我就問，這兩位胡師傅。現在在哪兒。

鄭生愣一愣，說，老的早去世了。小胡生移民去了加拿大，聽說後來開餐廳，也不畫了。唉，六十年前，我們人最多的時候，有三百多個師傅。如今啊，只剩下四個老伙計了。

哈哈，可不就剩下我們幾個了！段師傅不知何時走進來，笑嘻嘻地說，這「南嶺」從開廠起，就管伙計的飯。當年啊，三百人吃大鍋飯，如今變成了小灶。老傢伙們下去賣鹹鴨蛋，換我們幾個賺着數。老闆，開飯啦！我去拿酒。

我連忙說，不好意思，打擾你們吃飯了。

鄭生笑笑說，再來就是老客，我留番啲好嘢俾你。

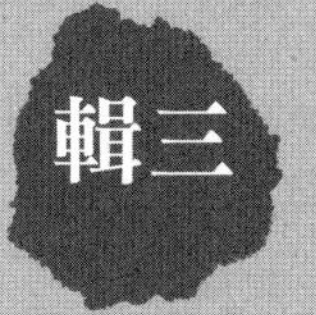

味

小籠包的味道與溫度

朱少璋

清代李斗在《揚州畫舫錄》談及名肆美點，有「二梅軒以灌湯包子得名」的記載；1948 年 12 月 12 日上海《大眾夜報》上永香齋的廣告有「早點小籠湯包」「午點小籠饅頭」兩款點心的名稱。以上三種包點未知與小籠包是否「同包」，待考。

鼎泰豐小籠包的「黃金十八摺」究竟是巧手佈局還是商業符號？只要不是為了貪功求全或欺騙食客，任何標榜都可以接受。魯迅在〈再論雷峰塔的倒掉〉一文中提出「十景病」的概念，用以諷刺中國人貪功求全的心理。「十」是圓滿之數，中國人為了求全，生堆硬湊，往往把事情弄得又假又大又空，說到底只是湊數的遊戲。中國人對「十八」也充滿憧憬，覺得「十八」可以令很多人很多事產生巨大變化，「十八」也就充滿神秘力量。「女大十八變」，也許因為《傳燈錄》說龍女有十八變之故。武藝有「十八般」，夠厲害。地獄可以有「十八層」，夠深夠多。蔡文姬胡笳有「十八拍」，足以動人心魄。別說是羅漢有「十八位」，就是好漢也可以在「十八年」後再做一次、再闖一次江湖。至於小籠包上十八道摺紋或深或淺，都分佈平均，各道摺紋聚攏到頂端合攏在一起，小包子顯得更小巧、更精緻、更立體、更有張力。我絕對相信包點的外形或摺紋對口感味道有影響，且說廣東雲吞本應是圓頭散尾嬌嬌小小的，外形像會擺尾的金魚，才好吃。現在的雲吞大都變成結實的大肉球，塞滿了蝦肉豬肉又大又笨，像癌變腫瘤，難吃極了。鼎泰豐的小籠包要堅持的恐怕不只是「十八摺」，還要在體積堅持「小」：切莫把包子弄成海碗碗口那麼大，更莫要煞有介事地在大包上插上吸管。更何況，吃湯包子跟喝湯是兩回事，以喝湯取代吃包在小籠包這回事上是偷換概念是本末倒置。

有些傳統味道確實需要堅持需要保留，別的不說，像台北永康街口的祖店，于右任手書的「鼎泰豐油行」牌匾傳統橫書左行我看得舒服。到了不賣食油而轉賣小籠包的年代，包子店只保留于老墨寶中「鼎泰豐」三字，還給裁改移拼成右行橫書，完全顛覆了原作取勢微微敧側的巧妙呼應與匠心佈局，剮割出來的三個字看起來一點都不像書法——反而更像個商標。香港客家菜老店「泉章居」的招牌也是于老的墨寶，三字橫排的話至今仍作左行。

一位茶樓前輩曾授我吃蒸點心的口訣——熱包凍餃。意思是蒸包子要趁熱吃才夠滋味，蒸餃子則恐燙熱的外皮易破，漏餡走味，因此要擱涼一下，才好下箸。包子、餃子基本區別在於前者是發酵麵皮後者是死麵皮，若據此標準說小籠包是「包」

只能說句無可奈何。我主觀，總覺得小籠包是以「包」為名以「餃」為實，因此該何時下箸頗費周章。談到溫度，小籠包向來最迷人而又最欺人的，正是包子裏頭那口鮮甜甘腴但異常滾燙的肉汁：吃的時候一不小心齒頰舌頭都要遭殃，是帶點冒險的味道。當然，享受冒險又不惜犯險的食客則要「趁熱」，鄧正健就別有會心，在〈小籠包的汁與熱〉中提出吃小籠包的原因之一就是為了「燙傷舌頭」。這句話好像暗示談戀愛就是為了失戀或生存就是為了遇上挫折⋯⋯。每次想起這個別具個性的特殊主張就特別回味。為怕湯汁燙口，有人建議蘸醋降溫我極不主張。也許個人對酸味有偏見，一旦呷醋味覺便大受干擾，胃口大倒。例如不少人吃大閘蟹愛加醋，我卻尊奉張岱「不加鹽醋而五味全者，為蚶，為河蟹」的說法為圭為臬；為了味道也好為了溫度也好，從來吃蟹吃雲吞麵吃魚翅或吃小籠包，都不沾醋。2022年11月，名導演是枝裕和與名編劇坂元裕二到台灣主講「金馬大師課」，二人趁空檔一起去吃鼎泰豐，餐後隨即公佈攜手推出新電影的好消息；前此，兩位高人在日本從未合作過。是次組合如此夢幻如此「神級」，一眾影迷都欣喜若狂。其實事緩則圓，道理本來簡單：讓剛端上來熱騰騰的小籠包略擱一下，先吃點別的東西以為緩兵之計——不急，自然成事。

味無味處求吾樂

黃志華

生活習慣已經改變了，因為覺得不錯，就繼續這樣改變。從前只去超市買餸以至買某些日用品，因為有段日子不打針竟不許進入，於是惟有多花些時間和腳力，去露天街市買，並準備入不了商場避雨，任憑風吹雨打。

其實去露天街市買東西，有它的好處，可以多感受些暖暖的街角人情，又可以多曬曬太陽，只是從前欠個契機來體會。現在，已不禁進超市了，卻也不一定要去，露天街市的店鋪幫襯開了，有份感情，依舊幫襯。

那段不打針很多地方都去不了的日子，喜歡稱作「處鎖元年」，幸而沒有「處鎖二年」以至更多的，並且，總算過去了。

「處鎖元年」，除了不得入超市，不得入商場，還有很多地方禁足，比如大學校園、公共圖書館、演藝場地、戲院……當然還有不許在飲食場所堂食，以至理髮都不可以。一個人竟然可以忽然失去很多自由！只緣他因個人健康理由拒注射疫苗。

「這樣會不會很苦悶？感覺好像被困？」友人關心地問。

說不苦悶不覺被困自然是假的，幸虧從小就是獨生子那樣的長大，有時真是可以很孤獨地過，但那時到底是可以去聽聽音樂會看看電影，行走得餓了可以隨便進某食店醫醫肚子，「處鎖元年」中的不針族群，卻遭剝奪了這些正常活動！

正面的想，這不是多了時間在個人的天地裏做喜歡的事情嗎？所以「處鎖元年」的頭一兩個月，搬了好些已束之高閣的書和影碟下來，準備多看一下。實在也多了不少時間做個人的研究工作，可以盡情沉浸在粵語歌的歷史、旋律作法以至文字聲律理論等幾方面的探索，每有所得，真個是欣然忘食！

「不向長安路上行，卻教山寺厭逢迎。味無味處求吾樂，材不材間過此生……」有時，也哼幾句以前譜下來的古詞粵唱，聊以抒懷。像辛棄疾這首〈鷓鴣天〉，是經常掛在口邊，「味無味處求吾樂」，是甚應景啊！

「味無味」是《老子》中之語，王弼注謂：「以恬淡為味」，亦有解釋謂：「在恬淡無味中品出味來」。是的，在「處鎖元年」中，生活每每也近於恬淡無味，可是卻也真能從中品出味來。

由此更聯想到，另一大詞人蘇東坡的名句：「人間有味是清歡」！那邊廂說「味無味」，這邊廂說「人間有味」，但並無矛盾。

「雪沫乳花浮午盞，蓼茸蒿筍試春盤。人間有味是清歡。」東坡原詞的下片是這樣的，大意是在南山中，與友人飲乳白色的好茶，食新鮮的野菜，此刻感到人間真正歡愉，而這歡愉是於清淡之中得到的。這，亦類近「味無味」吧！

辛棄疾那兩句詞句，有賞析者點出，詞人是借老莊哲學，說明生逢亂世遠害全身之難，整闋詞，透射的是一種英雄失志的孤憤！蘇東坡又何嘗不是這樣，遭受過「烏台詩案」的牢獄之災，剛適應了在黃州的農耕生活，朝廷又調他到汝州上任，人生路途，起起落落，殊多變幻，不同於辛氏的是，同是失志，蘇東坡是曠達得多，一杯清茶，一盤野菜，體驗到的正是恬淡無味之中的美好滋味。

要是兩位大詞人都能得志，人生航程順風順水，應該就不會想到「味無味」或體驗到「人間有味」之境。

那些「處鎖元年」日子，偶爾是要遠行一下，有次是應邀去某機構大本營主持線上講堂，為了醫肚，曾走進便利店買個吞拿魚包加一盒維他奶，飽了肚子便繼續行程。這一頓雖是簡簡單單在便利店內站着吃，但心境舒坦，看着店外時有路人掩映走過，像是對照得自己有份適意的閒情，加上慢嚥輕嘗，平常的飲品食品都分外滋味，彷彿感受到蘇東坡說的那種「清歡」呢！

網上也見過有人拿「處鎖元年」中的疫苗通行證，跟三年零八個月的日治香港時期的通行證相提並論。但實在是沒法比較的，那時期完全是戰時狀態，生活清苦還得加上提心吊膽，「處鎖元年」中的那些困苦，算得了甚麼？

再想想，那些困苦，比起辛棄疾和蘇東坡的失志，同樣也是沒法比較的，就像是滾滾長江與涓涓小澗之別。只是經歷了這些小困苦，會對兩位詞人的好些詞作多點感同身受吧。

或者，要在困苦以至失志之中，才想到「味無味處求吾樂」，畢竟有點被動。人如果是在順境以至少年時，已會得「味無味處求吾樂」，也就是主動去體驗或探求「恬淡無味」中之「味」，會不會更好？

窮風流，餓快活

張婉雯

網上見一中古牛仔布袋，歐洲名牌，索價公道。告訴身旁的姊妹，她瞄了一眼，道：「買咗，我都係用嚟裝兩餸飯。」

疫情三載，老字號與貴價食肆相繼結業，唯獨兩餸飯店如雨後春筍，逆市中蓬勃得很。彌敦道上，昔日名店盡變面目尷尬的散貨場，只有兩餸飯店，開在鬧市正中，門面開揚；招牌常飾以霓虹光管，或以大光燈猛照出電腦樣板字體；櫃台玻璃後面是一盤盤菜餚，五顏六色，有魚有肉，葷素俱齊。傳出的氣味則家家相似，就是飯味和油膩味，這是兩餸飯與住家飯的最大分別。

然而住家飯不易吃。香港人工時長，放工早已日落西山，只想秒速躺平，遑論開爐生火。以前還會到快餐店、茶餐廳解決，防疫措施下，往往連晚市也無；即使有，出進餐廳要掃「鴨屎」，打三針，也實在麻煩。倒不如買個飯盒，幾十種菜式就在眼前，雖然是同一個芡汁同一個勺，看起來倒也色彩繽紛；在玻璃的另一面親眼看見食物的賣相，讓顧客能在有限的消費下作最精明的判斷，感覺心裏踏實。有些跟店家混熟了的客人，還會來一趟「餓媽卡賒」，讓夾餸員工決定是日飯餐內容。由選擇、購買到走人，不用五分鐘，而且價錢比茶餐廳與連鎖快餐店便宜多了。以我家附近的兩餸飯店為例，廿八元兩餸，三十三元三餸，淨餸三十八元一盒，可以雙拼。加班工作的晚上，拖着疲累的身軀，遠遠看見兩餸飯店的燈光，與那陣熟悉混濁的氣味，社畜如我，不無被救贖之感動。

兩餸飯之出現，無疑是經濟衰落的現象；茶記大乜乜雖為庶民食肆，也等閒五六十元埋單。反正不求美味與服務質素，倒不如幫襯兩餸飯，快捷又便宜。對店東來說，賣兩餸飯無需華麗裝潢與專業侍應，運作簡單得多。英國 BBC 曾訪問過香港的兩餸飯店東，店東以前開酒樓，疫情後酒樓結業，改營兩餸飯，而且明確表示不會走回頭路：「經濟一差，市民唔會擺酒飲茶，但飯盒總係要食，我點解仲要做酒樓？」的確，無論貧富貴賤，飯總是要吃的；在物價高昂的香港，能用廿零卅蚊填飽肚子，簡直堪比善堂。即使自己買餸煮飯，也未必做到如此低成本，還未計事前事後洗洗切切的工夫呢。

兩餸飯既成為社會一景，臉書上也成立了「兩餸飯關注組」專頁，成員多達九萬人。專頁的討論很熱鬧，就像限聚令發明前路上總有些月旦時事的街坊，十句中會有一兩句說出個重點：哪一家是日供應海鮮；哪一種餸菜會隔天再賣；特別闊綽或吝嗇的夾餸「遮遮」；為何有三餸飯而沒有四餸……這是經濟學層面。也有網絡文化之分析。關注組版規包括「燒味飯不當是兩餸飯」，也有人貼上快餐店堂食的兩餸飯照片而遭刪除，因為價錢與可選擇之菜式均不符兩餸飯之典型。群組成員的參與度很高，一到吃飯時間便拍照上傳，然後互相評價；版主管理群組，亦有一套理念：不捉鬼，即不會隨便指責留言者為某店打手；鼓勵組員親自光顧食店，再行匯報，為自己充權（empower）；歡迎兩餸飯店東或職員加入群組，與食客交流意見。這種做法，保存了言論之多元，也將監察言論質素的權力，下放予各群組成員；店東參與群組，也就等於日日做民意調查，促成良好溝通。組內更有「兩餸飯地圖」，累積組內資訊，方便市民查閱。兩餸飯未必人人愛吃，但把平價飯盒的資訊，做得有系統、有流動性，也是一種專業考究的精神。

今日的兩餸飯群組有兩則帖文，讓人印象深刻：一則為中西區人排隊買廿五元的兩餸飯，樓主報道出帖的鐘數與排隊所需的時間，讓午膳匆匆的白領階層早作準備；一則是兩餸生日飯，組員同賀，願樓主「日日有兩餸飯食」，看來是誠懇的祝福。昔日美食之都，演變成兩餸飯當道，恰似舊時王謝之燕，飛進尋常百姓之家。不然；正所謂「窮風流，餓快活」，以幾十元代價，享受片刻吃自助餐的錯覺，在這高壓的城市中，已算是小確幸了。每逢工作繁忙的日子，想到世上仍有兩餸飯，味道再普通也總夠溫飽；在盤算家中人口與菜式配搭的過程中，又彷彿體會了某種自由意志。香港人如今很卑微，然而卑微中我們仍有態度與尊嚴。

消失的魚蛋粉

梁璇筠

有人曾經説，遠航歸來，你渴望的，是一碗魚蛋粉。江上往來人，但覺魚蛋鮮。這是世界旅人的思鄉心聲。但不久之前，香港人對拉麵倒是趨之若鶩呢，當年某日本名店拉麵，在鵝頸橋底謝斐道，開店時飄揚紅燈籠和布幕，大家爭相擠進木質卡位。為的就是獨自一人，煞有介事的享受屬於一碗麵的時間。

這碗拉麵的價錢是魚蛋粉的四倍。魚蛋粉也好像從未被如此「珍視」過吧。它是潮汕人南來香港帶來的庶民飲食，常與牛腩河、雲吞麵檔相鄰；可至今在茶餐廳裏都變成一家親了，甚至變成車仔麵這種大雜燴菜式了。牛腩河、雲吞麵各擅勝場，各有擁躉，但是魚蛋粉這碗看來最是平凡之物，卻是「清水出芙蓉」，有時竟成了思念之源頭。魚蛋粉是在《危樓春曉》裏「我為人人，人人為我」的威哥，籌辦張瑛與紫羅蓮的新婚之喜的宴席菜餚，雖被嫌棄卻仍是「窮人恩物」，最要緊是江湖兒女互相接濟。是碼頭工運輸工辛苦幹活一天飢腸轆轆後，一頓簡單又飽足的宵夜。是七十至九十年代小情侶，為「見多幾面」，一解相思，而同吃一碗，並比較各家的辣椒油。是詩人關夢南遇到開心事，慶祝時特意去吃的食物，還寫成詩。環遊世界的旅人，終於回家，也會在機場趕往那二十四小時的茶餐廳，先呷一口清湯。

香港魚蛋粉裏的魚蛋不同潮汕來的餅狀白魚蛋，加了廣東甚至「港式」做法，白色一顆顆的。也不是街邊吃的咖喱魚蛋。最好吃的魚蛋粉，當然是消失了的。在香港仔古廟後的山腳之下，有「謝記山窿魚蛋」。別具特色的紅瓦牆，初時真的是拱門狀的，客人就像走進山洞之中。客人圍坐於此，店內永遠水洩不通，一大張圓桌子坐的五湖四海。等位的人「直勾勾」的站在其後，有位置就趕快坐下，不用怕不好意思。先來一客魚蛋粉，炸魚片頭，皮香肉鮮。有興致的再來一客炸魚皮，甚至魚肉春卷，油香四溢，金光閃閃。這兒的魚蛋呢，就是奧運選手球拍來回的乒乓波，一直在你口腔內來回跳躍，咬下時鮮味泉湧，配上細細碗中如水波的河粉，襯上漁樵話，便是小民生趣。電影編導海辛曾經說過，這裏的魚蛋用門鱔魚加上麵粉，「撻」的時間久了便好吃。因為魚蛋粉好吃，他在這裏細察街坊人情，「不覺也可寫幾篇小說了」。

當我知道「謝記山窿魚蛋」真的要退休結業時，甚至還特意請假，在「收爐」前的最後一天前往解饞。卻如何也不記得那個下午，那碗粉是甚麼味道。埋單時總見謝記老闆娘金鑽手鐲閃閃，她說謝記不會「頂手」，現在鮮魚也愈來愈貴，她才不要「做壞招牌」。如今不論魚蛋粉還是海鮮舫，也成了小香港的傳奇吧。

再談就是中環結志街的新景記魚蛋粉。凡是招牌有「新」字的，就不禁讓人想想那「舊」的在哪裏？然後「新」就漸漸變成「舊」，甚至變成「老」了。西裝革履的中環人，好不容易到了午飯時間，鬆開衣領，歎番碗魚蛋粉。坐在木色摺凳和簡陋圓桌的紳士淑女，向伙計「落 order」之後，引頸望向玻璃牆麵檔師傅那甕中乾坤。師傅把河粉放在網勺上下滾滾，舀一碗熱湯，再擱三顆魚蛋，一兩片魚片，炸魚皮，最後淋上一層葱油，玲瓏剔透。整個製作過程如表演，親眼目睹的話，一客魚蛋粉也更添滋味。新景記的細細的魚蛋是全魚肉，味道清香，最不得了是配上這兒特別滑溜溜的河粉 ，一兩片爽脆生菜，滲着清貴之氣，彷彿是送給胃的一朵花。在中環吃魚蛋粉，你會聽到紳士淑女滿口英文，然後像廣告上可見的，吃完粉，再以可口可樂作結。新景記在 2015 年 3 月因舊區重建光榮結業，但是至執筆的今日那個原位置仍是地盤，「蘭芳園」仍是好端端的在對面。

小時候一家人上午去郊野公園，中午在外吃午飯，也夠小孩高興。不是現在那些有「BB 凳」窗明几淨、日光透進的餐廳。媽媽也不會準備私家剪刀把那些肉和菜剪碎。在街角的粉麵檔，要一碗魚蛋粉、牛腩粉，然後一碗雲吞麵；再加一碟油菜，有時是魚皮；一家人分着吃。牛腩粉通常是爸爸吃的，「伙記唔該兩個碗仔」，有時還未出聲，伙記已醒目遞上兩個小碗——小朋友是吃不下整碗粉麵的。媽媽幫你分好粉，再放上一、兩顆魚蛋，一粒雲吞。那時沒有想到分下來之後，媽媽還吃得着魚蛋嗎？因着好奇，便添上一兩滴辣椒油，卻辣得小嘴噴火，連眼水也標了。好一些鋪頭，無論是芥蘭、韭菜都用豬油灼的，上台的時候「立立令」，那碧綠溫潤如玉。一家人吃得肚子撐得鼓鼓的，也不用一百元，但是很快又餓了。記得有一次，跟爸爸和妹妹在皇都戲院後的渣華道吃粉麵，那店實在很普通，吃過後爸爸說：「你長大了，現在竟然可以自己吃完一碗魚蛋粉！」

雖然喜歡吃魚蛋，但是不會買雪藏魚蛋，那些包裝魚蛋通常是用防腐劑和鹽掩蓋魚腥。魚蛋就是要新鮮，一般是用門鱔或者九棍魚打，鯊魚肉其實不值錢，現在也用來打魚蛋的。曾經看過九龍寨城的紀錄片：在昏黑的後巷，大隻佬在「打魚蛋」，即是把鮮魚肉加粉調味後打成漿。雖然衛生環境不怎麼樣，但是工夫還是熟能生巧，這些魚蛋將送往全港各店家的。沒有所謂三教九流，或者黃賭毒窟，那鏡頭記錄了營生日常。反而到了八十年代，魚蛋檔竟然真是指色情場所，雖然營運方式匪夷所思，但是從另一角度來看，也見魚蛋這種食物很受普羅大眾歡迎。

香港的魚蛋，或者是潮州的，或者是廣州的，都沒所謂了。我們就是「鴛鴦精神」。日式關東煮裏的魚蛋、韓國人的魚糕也是粉太多了，就少了鮮味。也有人吃魚蛋粉時可能會請師傅加上一殼腩汁，但我不喜歡這種吃法，好像褻瀆了魚的鮮香。我喜歡熱騰騰的魚蛋粉，那是一幕煙境，兩條青菜一道青山，魚蛋是點點浮雲，細細河粉開一朵江南水蓮，恬淡可喜。

近年魚蛋粉作為香港街頭巷尾尋常飲食，好像漸漸消失了。現在連茶餐廳也可以吃到酸菜魚，就知道香港人已變了口味。酸菜魚、雲南米線可能變成了很多人的家鄉味道。現在的年青人，在外國讀書放假回來，會衝到某連鎖米線店，點個幾小辣。不過，香港從來都是南腔北調，中西合璧，共冶一爐。只是希望在街角那小小的魚蛋粉鋪頭，仍然可以捱得住，仍然有西裝友或者師奶仔，因為高興，去吃一頓。輕如微塵的小城生活，自有克勤堅韌的小市民。即使不是天天鮑參翅肚，有時兩餸飯，有時一碗魚蛋粉，也是滋味無窮。

爛飯仔之味

游欣妮

對於吃，女兒安安向來興趣甚濃厚，因此我是相當幸運的。

安安不怎麼挑食，而且對於讚美毫不吝嗇，時常在淺嘗食物之後，即慷慨地高呼「好滋味啊！」、「好美味呀！」、「好食！稱讚！」一類讚頌之詞，又會豎起小小的大拇指嘖嘖讚揚，更會答謝掌廚者烹調佳餚美食，然後才開懷地大快朵頤，臉上綻放出滿足的笑容，這連串的表情、言語、動作，總逗得入廚者心花怒放。看見女兒吃飽喝足的滿意表情和圓鼓鼓的肚皮，作為媽媽，喜悅之情自然溢滿胸腔，而外公外婆看見小孫女對自己烹製的菜式如此捧場，還加上童言童語的讚美、歌頌和感謝，更是春風得意，笑逐顏開。簡而言之，因為小孩子，家裏三個伙頭面對菜市場裏琳瑯滿目的食材和灶間的杯碗瓢盤，都洗刷熬煮得更賣力、更起勁。

這些讓孩子心滿意足的食品，並非任何珍罕名貴的食材，很多時更是非常基本、簡單的原材料，但因着用心、花巧的精緻搭配，使得很多材料即使維持無添加原汁原味，也變得層次豐富。

不談各式美點佳餚，只說外公外婆為孫兒孫女精心炮製的「爛飯仔」，這道每天必備的飯餐做起來卻毫不簡單。基本用上最少五、六款食材，番茄、粟米、菜心、西蘭花、紅蘿蔔、番薯、南瓜……，搭配豬肉、雞肉……外加經過一輪細緻挑刺揀骨程序的清蒸鮮魚，葉菜、蔬果、肉類各樣兼備。營養豐富毋庸置疑，味道濃郁不在話下。鮮美香氣撲鼻而來，鮮明色彩繽紛吸引，加上天天轉換食材的新鮮感，名副其實色香味俱全，怎不教小人兒垂涎欲滴？或許有人會說，不過是稀粥爛飯，小孩子年紀小，啖之不知味，輕鬆煮一煮，能夠填飽肚子不就好了嗎？但外公外婆看法可不一樣，從選購、清洗、切件都一絲不苟，毫不馬虎。不過，個人認為其他工序都不比剁碎艱辛。刀鋒準確俐落地落在砧板上，密集的"chopchopchop"聲之下，種種材料碎成細末，化成將要熬煮的兒童飯餐最上乘的材料，最優質的預備。

天天重複如此繁瑣的工序和刻板的動作，即使筋骨不勞損、雙眼不昏花，也覺環迴往復的沉悶吧？更別說這絕非短時間或間歇性的工作了。由迎接第一個孫兒出生，至如今即將迎來第四個孫子，四年多的時間，孫兒和孫女「層級式」出生，每隔一年多到兩年，外公外婆託兒所便有新成員加入，豐盛的營養和飽滿的愛卻絲毫不消減。想到我那即將出生的女兒，將同樣能夠品嘗到這份難能可貴的幸福滋味，我便曉得，我們的幸運，不止於舌尖和肚腹。

「外公煮的東西好吃，還是外婆煮的美味呢？」

「全部都好味！」

是的，外公外婆二人合作無間，輪流操刀掌廚，也難怪孩子有此答案，更因為在魚與熊掌俱難割捨的處境下，這未免是天大難題，硬要二選一委實強人所難。

我和妹妹都要上班，下班之後才能各自將孩子帶回家照顧，當我們在職場上充滿幹勁地拼搏的時候，爸爸媽媽就在家裏充當最實在、最強大的支援，讓我們安心、放心交託小孩，無後顧之憂地投入工作。常有人問：「交給老人家帶小孩，你放心嗎？會不會在教養上有很多意見不合的時候？」答案顯而易見。光從吃這一點，已看出外公外婆對待孫兒們有體貼入微的無盡心思，更別說照顧起居生活有多無微不至了。

每次道別，安安總顯得難捨難離，又摟又抱，小小的手捧着外公外婆的臉連連親吻，雙頰、嘴巴都吻過了，才願意離開。從牙牙學語、笨拙學步，至現在口齒伶俐、活蹦亂跳，吻別的習慣從未變改，轉變的不過是她會跑到二人面前，抬起頭高聲説：「公公我想錫你呀！」或者：「婆婆我想錫你呀！」三年多的時間，醞釀了這份公孫婆孫之間醇厚的甜膩。旁觀如我內心也幾近融化，沉浸其中的外公外婆有多陶醉自不待言。我常笑説，聽到安安那些諸如「我好掛住你呀！」、「我哋好耐冇見喇！」的綿綿情話，不知曉內情的，恐怕以為大家相距十萬八千里，無法經常相見，只好時刻掛念。現實是大家居住的地方不過一街之隔，十分鐘的路程竟也像遙遙萬里。

慶幸女兒曉得愛錫家人，即使外公外婆不祈求回報，我仍從心底深願她懂得珍惜那份無盡的愛與恩情，到長大了依然不忘在她成長的階段是如此幸福、如此幸運，能夠有和她感情深厚的親密照顧者。如果記憶會因為年歲漸長而不得已淡化、褪色，根植味蕾的味道和生活日常互動的種種痕跡，或許能成為喚醒昨日那美好的，徘徊舌尖、繚繞心頭的味覺回憶。

老家的海參

劉偉成

對於老家的海參，我一直弄不清究竟是同情還是抗拒……

在一般人眼中，它是珍饈，但在我看來，它是給摒棄的「可憐蟲」——起初它多是從事海味貿易生意的老爸拿回來的「壞貨」，我不知道是怎個「壞法」，可能大多是給沾濕了。現在海味店除了真空處理的大包裝，還會見到大圓筒上供「散賣」的海參小山，我想壞貨多屬這類，不然包裝得嚴嚴密密又怎可能沾上水？印象中這些「散貨」表面都有一層白灰，有說那是鹽霜，有說那是草木灰，或者兩項均有，總之就是曬乾步驟中的添加物。我想如沾到了水，這層白霜會出現變異，清楚記錄水的行跡，就像潮汐。

烹煮海參，除非是已處理好的即食海參，否則都需要經過浸發的過程。海參以它頑強的生命力著稱，它是其中一種被稱為「活化石」的從遠古一直存活至今的物種，而且它即使給肢解成數截，每一截都可發展成獨立個體。就是這個超強的再生細胞特質，令它普遍被認為是「超級食品」，可延緩衰老和防癌。小時候還不知道海參的神奇再生力，但我已喜歡盯着浸泡的海參，看它慢慢膨脹出數倍體積，總覺得它彷彿又活過來似的。大概由於那時互聯網並不發達，沒有多少有看頭的錄像，才會以看海參發脹來消磨時間而不覺無聊，還覺得蠻治癒的，彷彿無論怎樣的際遇，只要等一兩天時間便可「重設」回復原狀。

海參泡軟了以後，便要清掉內臟，給剖腹的海參會發出一陣羶腥，頗倒人口胃，怪不得孟子叫君子要遠庖廚——那腐朽的味道很可能令人對再生能量的憧憬失去信心，而歷來寫海參的飲食文章鮮有細描浸發過程，大多以「那是繁複過程」一筆帶過。活的海參在受到侵襲時會從肛門噴出整副腸肚來擾敵，也可為竄脱提供推力。海參沒有了腸肚會慢慢長回來，更奇怪的是，原來有些海參的腸肚，會成為「隱魚」躲匿的地方，隱魚彷彿與生俱來知悉海參的再生修復能力，所以還會老實不客氣地以其腸肚為食。如此共生關係雖然怪異，卻總讓我覺得一種似曾相識的感覺。

海參的腸肚常讓我想起《射鵰英雄傳》的那句對聯：「琴瑟琵琶，八大王一般頭面。魑魅魍魎，四小鬼各自肚腸。」如果魑魅魍魎是代表我們五兄弟姊妹，在長大獨立後都有着各自的生活規劃和處事原則，那麼「大王頭面」便影射兩老像海參一樣的再生力，可一直保持着克勤克儉的蟄伏式的生活模式，雖然他倆未至於是「琴瑟和諧」，卻不失「故我依然」的韌勁。老爸退休後，即使不再需要處理海參的買賣，還是經常買來許多海參「珍藏」。浸發好的海參會放進冰箱的急凍格內儲存，多得足以塞滿整格，而那不再是以往的「散貨」，而是具一定價值的食材。不知道如此滿滿的一格，是為了維持一樣的「大王頭面」的氣派，還是為了填塞吐盡了「腸肚」的空虛。於我，那則是令本來已獨立講求輕盈的腸肚再次泛起了飽膩之感。

現在每次回老家吃飯，總免不了海參的蹤影，在我家它有兩種烹煮方式，平常多是放湯，遇上節慶需要祭祀則是紅燒燜煀。無論何種煮法，不知為何我卻總會想到那浸泡後清除內臟的羶腥，即使湯可能真的相當鮮甜，但老媽總是恨不得存着的海參全倒進鍋內煮似的，弄得整鍋湯都浮滿了膠原蛋白，彷彿要把嘴唇漿死似的。海參本來就沒啥味道，放湯後僅餘的味道都跑到湯裏去，但老媽總會搶着替我們舀，然後把已沒啥味道的海參塞滿整個碗，精華的湯水卻只有兩口，彷彿吃下滿碗的「蠟塊」便能瞬間變成「大力水手」，望着原色的海參泛着潤光，我便覺得海參正努力分泌潺滑的皂苷，努力再生出其他缺失的細胞。經我多年「過猶不及」的嘮叨，老媽似乎也聽進了一點，至少最近沒有再出現「雙參湯」——海參加上人參，兩種完全不搭調的味道，讓我直想到那是「眉間尺」和「楚王」的頭兒在相互噬嚙，喝下肚中真怕除了二頭肌賁張為水手臂外，血管壁會承受不了飈升的血壓。

放湯後的海參，肉質收緊變硬，實在不適合以大塊狀嚼吃，不然像在嚼全熟的牛扒一樣。我想過可以拿來切絲涼拌，如此可能讓人更易入口，本來的韌度可能會轉成絲狀的爽脆。梁實秋在《雅舍談吃》中的〈海參〉便是以「涼拌海參」作結：「海參煮過冷卻，切成長長的細絲，越細越好，放進冰箱待用。另外預備一小碗三和油（即醬油、醋、麻油），一小碗稀釋了的芝麻醬，一小碟蒜泥，上桌時把這配料澆在海參上拌勻，既涼且香，非常爽口，比裏脊絲拉皮好吃多了。」確實有時不用像海參那樣動輒掏心掏肝，全情傾注，這樣即使是至親要時間可能也消化不來；不妨嘗試友儕間細絲狀的分享，如此在溽暑般熱烘的世道裏，反而更能突顯彼此的爽性，如聊起來能像蘸點各式醬料那樣東拉西扯，本來無味的爽性也能在味蕾間化為層次豐富的味道湧浪。

相對於涼拌的爽淡，梁在〈海參〉中還談到濃味的「紅燒大烏」：「紅燒大烏吃在嘴裏，有滑軟細膩的感覺，不是一味的爛，而是爛中保有一點酥脆的味道。這道菜如果火候不到，則海參的韌性未除，隱隱然和齒牙作對，便非上乘了。」雖然都是濃味的紅燒一族，但和我家中節慶會做的「紅燒腩參」不同，因「紅燒大烏」的主角是海參，最多只有幾條冬筍佐料，火候控制只要專注於「海參」身上即可，當然要做到「爛中有脆」已相當考工夫，但難度未及菜式中包括「生旦相輝」的菜式。林文月在《飲膳札記》中有一篇〈紅燒蹄參〉則較接近我家的做法，不同的是林文月用的是蹄膀，而我家用的是「五花腩」，是豬腹部位，有三層不同的肉質，皮下是厚厚的脂肪層，吃起來口感較多元軟綿；蹄膀部位則較多「肌腱」，口感較堅實爽滑。江浙名菜「東坡肉」和粵菜中的「梅菜扣肉」用的都是「五花腩」，不同的是在切法，東坡肉是一大塊的方磚，扣肉則多切成長方薄片，我家則是較前者薄許多，但較後者厚一些的小塊；燜煨時間也不及兩菜長，所以吃起來不會太綿爛，還帶一點嚼勁。林在文中指由於蹄膀和海參燜煨所需時間不同——前者約需三小時，後者則約需一小時，所以蹄參雖然同鍋煮成，實則是分開烹製。印象中，我沒見過兩老分開燜煨五花腩和海參，我想兩者所需的時間應該是差不多，大概是一個半小時吧，可說是簡化了不少工序。烹煮東坡肉一般都會放冰糖，讓五花腩的表面有着一層潤光，本該更抖擻食慾，但時至今日，大概會給健康之星視為蠱惑的油腔盪漾着甜膩的狡詞。

我想兩老的紅燒腩參並沒有放冰糖，腩肉皮層的油光應該是來自海參的膠原蛋白，看上去沒有東坡肉那樣浮誇愛炫，顯得較低調沉實，活脱脱就是農家菜的直情直性——就像愛麗絲的縮小藥水上「喝掉我」的命令便條，這道菜低調的油光似在說：「需要能量幹活便吃掉我吧！」腩肉吃起來，事實上頗富油香，如肥瘦兩層一起吃，感覺有點像吃甜筒的花生粒和雪糕，那不只關乎口感，那是給不同的味蕾區搭一道紅通通的渡月橋。只是為着健康，我多年來已不吃脂肪層了，尤其當你看那些肉汁凝固的狀態，你便更不想逞一時之快了。

老爸對於我吃剩的脂肪層也不會說甚麼，因他知道我從來都不愛吃肥膏，只是家中煮出了這樣一大鍋，也不能不「幫口」處置罷了。記得小時候，老爸曾跟我說，以往在鄉村，那些腩肉一下子便給掃光，當然那時並沒有加入海參，我家也是在老爸開始海味代理業務後才吃到海參。老爸說年輕時吃剩的肉汁也是一道美味的菜，他說福建話中這道菜叫「戩」，可能那只是一個音，讓我姑且以福建話中音近的「湅」來稱呼吧——類似「果湅」狀態的肉汁。老爸說年輕時大伙兒勞動後，會拿「湅」夾在饅頭裏吃，說時表情相當快慰，就像我說起某齣孩提時看得起勁的動畫一樣。記得老爸也曾用「湅」來夾方包片給我吃，雖然方包沒有溫過，那時沒有微波爐，不然稍微將方包片加熱，讓肉汁慢慢溶進麵包，吃起來應該更香，味道才不會忽濃忽淡。現在偶然吃北京填鴨片夾刈包，我會想起小時候「肉湅方包」的味道。

後來，老爸確實弄過熱騰騰的饅頭來送，饅頭所用的麵粉一定較以往鄉間要幼滑，只是送的不是吃剩的「肉湅」，而是大鍋的「紅燒腩參」。以往家中五兄弟姊妹，難得節慶需要祭祀才可弄這樣的大菜，而且各人都在發育時期，也不會視之為不利健康的「邪惡之物」，很快便可將之變成為「肉湅」了。現在我們都成家，大半已移民外地。有一次回家吃飯，見到老爸以饅頭蘸肉汁吃，盤中還有許多的「腩肉」和「海參」，而大大的饅頭則可堆成一個小山。我於是嚷着也要來一個，老爸立即喜孜孜的說要拿饅頭去翻熱……但發覺如此吃法，反而不及用方包夾「肉凍」那樣滋味，可能現在味蕾變尖了，從來回憶真是最佳的調味品。

海參本來就沒有味道，味道主要靠外面的肉汁賦予，加上海參質地扎實，不像盆菜中的芋塊那樣易於吸味，彷彿努力保持本我才有望再生。如此想來海參頗像木乃伊，掏空了內臟，等待重生。現在跟老爸縱然一起吃飯，餸菜款式和分量都較以往多，只是我們原來都像海參，早已有了自身的本味，不輕易受外界環境模塑。這距離在 2019 年以後更覺明顯，大家都努力避談敏感的話題，或許不是我們改變了，而是周遭氛圍改變了，像燜煨許久的肉汁那樣變得凝厚濃重。或許兩老會因掏空了腸肚再沒有適當環境給隱魚寄住而悵惘。

老家的「紅燒腩參」總是剩下一大鍋，只好隔夜翻煮再吃，如此肉汁越收越稠，腩肉和海參也越滷越鹹，失去了原本清爽的鮮味。有一次，還留在香港的大姐和我，都說海參鹹得舌頭醃痛，老爸卻滿臉愕然地沉吟：「很鹹嗎？」大姐向我拋了一個眼色，我便默默地像吃苦藥般將海參強嚥下去。飯後，大姐和我把那盆「紅燒腩參」分掉，每人一半帶回家。第二天再吃時，我準備了半碗暖水，然後將海參往水中來回搖撥數下，看見水中的油塊曳着深褐色的醬汁，我心裏突然升起一點戚然，說不出那是憂心還是唏噓，對於無法回復本色的海參，我不知怎樣才算是尊重，該將之勉強吃掉，還是將它埋葬讓它等待重生，我只能拿起電話，給老爸寄個短訊囑他餸菜不要經常翻煮，也不要吃太鹹，也不要一頓飯煮太多……不知道這樣是否也算是一種慢煨？

尋味六百年

潘步釗

「我比較喜歡看電影，不多看書。」

你坐在我對面，説這話時，笑容有點不自然。你閃爍的目光，想在我面部表情和反應來尋溯，我是怎樣判斷你這種喜歡！圖像化、碎片化、不可以專注超過六秒……我期望你介紹一本喜愛的書，閱讀原來一退再退，三退四退，在牆角滋蔓，日子久了，暗暗生出鏽色的黃花。西西、也斯這些據説代表香港文學的作家，不也常説、愛説電影嗎？地方、本土、生活化、身份認同，多年前，劉以鬯的《對倒》不是爆紅了好一陣子嗎？果然，你真的跟我説起王家衛的《花樣年華》來，問我看過沒有，喜不喜歡……。

我沒有給你答案，因為我也在尋找真正的答案。時代在隱隱淡去某種氣息，握不住，要追尋也不知從哪裏開始，又從哪一個方向切入。由七八十年代一直骨碌骨碌，滾落許多反思和認同，我們迎向又避開。半世紀的成長後，我仍然坐在你的對面，面試對於你，對於我，原也只是想瞄準，然後發射，希望你給我振聾發聵的激動。細水來不及長流了……這樣的時代，感官都只餘下眼睛和耳朵。我怎麼可以給你答案？光影閃動，我們攀着時間的柱樑去追，握在手中。聲音充滿整個城市的每一角落，我們要聲音，不要音樂。但耳朵卻永遠在線，不用追尋，不用充電，它自會一波一波地飄來，迎向還是避開，你沒有選擇。

書卷多情似故人！

誰先把「跟書的廝磨」比喻作「與人的交往」，應該是一名樂觀主義者！六百年前的忠烈大臣，士大夫讀聖賢書，樂觀跟憂患都是人性的原鄉。追蹤六百年，我的故人四海飄零，見面不相識。那年代，走在旺角或者灣仔街頭，不會處處都是咖啡室，更罕有旗艦式書店連飲料生活日常精品確幸小禮物。要看書，都是從長街陋巷的幽暗窄舊樓梯，老老實實拾級而上。一個下午挨着二樓書店的書櫃，打書釘的日子，沒有咖啡、沒有手機，更不需要一副憂鬱思考的深邃和黑框眼鏡。年青人總相信：彈着結他唱〈橄欖樹〉的純潔美麗女孩，飄着長髮，會在才華橫溢和正直仁厚的藍天白雲下，踏浪而來。

看書的時候，偶然會遇到氣喘吁吁的年青作者，捧着自己的新作，要求在書店寄賣。書店只賣書，不賣文具不賣咖啡，藝文青沒有閒錢和餘暇，記憶中，也從來沒有人這樣稱呼過我，更加休想來一口意大利芝士蛋糕。書一本挨一本地在書架上擠着，許多時，又橫七豎八地平放着，書名直接呼喚：《西方哲學史》、《中國美學研究》、《朱自清散文全集》、《焚琴的浪子》與《史記菁華錄》……，你站得久了，慢慢感到空間散發着多情的氣味。對，就是這其實超越六百年的氣味。彷彿對讀者，特別是年青人，說：來吧！要有真學問、真性情、真感興，就來吧！

如果不在書店，在大學圖書館和資料室是另一種逡巡游弋。很難忘記中山大學的古典資料研究室，也是一種氣味在氣蒸波撼地，鼓舞着我。紅磚石的戰前舊建築，書架間只可以供一人經過，燈泡是香港街市大牌檔式的經典造像，發着橙黃的光線，連在身上是帶着不少傷痕和灰塵的電線，懸在頭頂，好像從天花板探下來一隻蒼老卻炯然的獨眼，而且搖搖蕩蕩。八九十年代的內地高校，設施配套，保護書籍的技術，都不會是現在的藝文青所能想像理解。那時候，我常穿着波鞋短褲，高低仰伏，甚至連蹲帶跪，在塵灰積封的書堆尋找，探頭伸手間，取出一本本數千年中國古籍和戲曲古本。古典資料研究室永遠幽暗而寧靜，但會有一份流動的氣息，現在回想起來，或者也是一種氣味。「自嫌詩少幽燕氣，故作冰天躍馬行」，那是文學青年的歲月，燃點青春，遠赴百里外尋找的一種氣味。

除了校園宿舍，那樣的歲月，還有難忘的北京路。我在廣州念書的日子，是點對點對點的生活和行動模式。大抵上，我只會在火車站、大學校園和北京路這三個地方出現。這「三點式」生活圈，佔去我數百天的青春歲月。北京路是廣州最繁忙的街道，但於我最重要的意義是遍設書局，由新華、古籍到外文、兒童，真是五步一樓，十步一閣，既豐富多元又個性專門，沉澱了許多個美麗的午後。書卷多情，廣州中山大學念書的歲月，難忘的還有小鄭。小鄭是古文字學的博士生，因為成績好，碩士畢業後留校念博士兼當助教，這在上世紀八九十年代的內地重點大學，是了不起的事。我們到校的第一天晚上，就在小鄭的「家」「聊」了一個晚上。說是「家」，其實那只是古文字資料室地下的一間破舊斗室，他兼任管理和看更；說是「聊」，其實主要是我們在聽小鄭一個人說。

小鄭有學問，大家談興很濃，他從書櫃裏拿出一張世界地圖，指着上面就滔滔數說自先秦開始，中華民族因戰爭和遷徙，怎樣影響着整個歐洲的版圖。大家志同道合，更難得幸會高手，回想起來是美不勝收的一夜。說得興起之際，小鄭忽然問：你們要喝咖啡嗎？三十多年前的歲月，我已忘記了當時怎樣回答。不過，喝咖啡的歲月是難忘的……多少個晚上，一盞枱燈、一杯咖啡，咖啡香混進滿室書香，我就在異地寂寞宿舍裏，翻着一冊又一冊的戲曲古籍。雖然是不同的造像與情思，古人的「青燈黃卷」，原來還真的需要一杯咖啡。

《老夫子》漫畫裏的「耐人尋味」。經典漫畫標題，字字珠璣，「耐」和「尋」是手段，「人」和「味」是目的；富文學藝術味道又留白，含蓄蘊藉卻直指生命。「聞得書香心自悦，深於畫理品能高」，都貴在心領神會，不要處處張口見喉。「尋味」的過程有時虔敬熱情，有時又可以去留無意。2014 年中學文憑試的中文科以台灣作家徐國能的〈第九味〉作白話文閱讀考材，頓成滿城熱話。大家都説年青人人生閱歷淺，怎理解和體會百味雜陳的人生。第九味指甚麼？司空圖説：「辨於味，而後可以言詩也。」人生之味，味在鹹酸之外，其實道理顯淺，只是本來放在心頭，一旦要用文字句段來表達，並且爭長短，計分數，還牽及科舉崢嶸，事情就變得尖鋭，毫無紓徐餘地。尋味在人生，尋的過程才是最重要，一旦尋到，其實是春夢朝雲，才着手，已淡隱飄逝。叫孩子這樣認真，本來應該有的爛漫與渾噩，就這樣在霧水和煙靄之間，塗鴉了一份份考卷。

所以，半世紀的成長和六百年的追尋，其實都着跡了。春風永遠拂檻，每個早上都露華濃重，只是有沒有趕往早朝的君王能遇見！《笑林廣記》裏有一個笑話説一瞎子能聞識書卷香氣，拿《西廂》與《三國志》給他嗅嗅，他馬上分辨出，因為各有「脂粉氣」和「刀兵氣」：

> 有一秀才以為奇異，卻將自做的文字與他聞，瞎子曰：「此是你的佳作。」問：「你怎知？」答曰：「有些屁氣。」

笑話是粗鄙不文，還是幽默滑稽，不問。我們只希望在怎樣的年代，空間和書卷不因甚麼……只因人而多情，因多情而生味。

人有感與觸動而有味，多好；書卷有情而曰有味，更好……管它《三國》與《西廂》!

潛藏的記憶

黎翠華

每天，我們都接觸不同的氣味，從吸進這個世界的第一口空氣開始就沒停過。這無聲無色的存在潛藏於我們的記憶之中，時日久了，漸漸構築成一個奇特的領域，是深層和不可解的，跟每個人的生命應合，沒有甚麼道理，亦未必能分享，只能留作自己忽然之間的心盪神馳。我最小的弟弟在嬰兒時期必須感到母親在附近，否則就哭個不停。有天他睡穩了，母親想溜出去買點東西，託我們照看一下。誰知她一出門弟弟就醒了，怎麼逗都不行。他哭得上氣不接下氣，小臉通紅，急得我們不知如何是好。最後我想出一個辦法，叫妹妹穿上母親的衣服去哄他（我已高大到穿不下），果然瞞天過海，他終於安靜下來，不哭了。說不定人類的嗅覺能力其實比視覺更強，後來的遲鈍可能是沒有多加利用，退化了。各種氣味在我們的感官記憶裏日積月累，像葡萄酒，初榨時是原貌，隨着時間，底蘊一重又一重的發展，像一個活物，自有他的風采，不由得我們支配。有時，觸動我們的可能是一本舊書，或一座老房子，剎那間牽起澎湃的過去；也可能是無形無影的一陣風，就突然接通了些甚麼，心底的朦朧以為早化煙雲，原來歲月已把它厚積成醇釀。

怎麼說呢？

三年沒見，他笑容滿臉：「給你來個港式奶茶。」

我當然很高興：「有奶茶飲已經很滿足，甚麼式都可以，不難為你了。」

「你不信？這套煮茶工具我還是在上海街買的，製成品跟茶餐廳一樣。」

他走進廚房，從櫃子裏搬出幾罐茶葉，又給我看一個奇怪的壺，解釋煮茶的程序。這個我是無所謂的，各師各法，最重要是成果，就催促他示範。他依次序的取水添茶，響起一片蓋子調羹碰撞的聲音，叮玲噹啷，爐上小壺的水漸滾，細微的骨嘟骨嘟，升起一片茶香。氣味是熟悉的，但似乎欠了一點甚麼，彷彿優美的池塘缺了游來游去的天鵝。我抬頭四顧，或許不是那個天氣，或許不是那個時空……

我自小被這股香氣迷惑。童年時，居所的街口是電車總站，旁邊有不少流動小吃攤，其中兩個固定小檔，一個賣雲吞麵，一個賣咖啡奶茶。流動小攤每天不一樣，時多時少，看天氣和人流而定，通常下午是高峰，但兩個小檔從早忙到晚，無論何時經過都一片煙火氣。茶檔煮茶，香飄幾條街，咖啡完全不是它的對手，碗仔翅涼粉之類就更不用說了。它的氣味獨特，與飢餓無關，不是肚子空空時想來一碗的魚蛋粉和雲吞麵，那是讓日子更錦上添花的一種東西，即使吃飽喝足，仍會被它勾引。茶香毫不謙虛的招搖過市，到處拋媚眼，展示它的膚凝脂厚、風姿綽約，教人無法忽視它的存在。我尤其喜歡秋涼時分，天高氣爽，無論視覺和感覺都分外清晰，經過人來人往的街口，流動小攤炸的炸煮的煮，但奶茶的香氣仍是脱穎而出，如此的溫暖、飽滿，夾雜了黃油抹在烤麵包上的焦香，還有電車司機心滿意足地拿着一罐奶茶（可能還沒有一次性杯子，外賣的奶茶放在淡奶的空罐中）攀上電車，讓我留下極其華麗豐盈的記憶。

但那時我不知奶茶是甚麼滋味，因為大人説小孩子不能喝奶茶，對胃不好。他們也不喝，我連偷嘗一口的機會都沒有，也不能跟左鄰右里比我年長的小孩去一試，因為沒有零用錢。這個氣味使我充滿好奇心，把它想像成世上最完美的飲品。可惜的是，到我可以喝奶茶了，隨着街區的改建，這個茶檔早已消失，而整個城市的大牌檔亦越來越少，再難在橫街窄巷遇上這迷人的香氣。不知為何，總覺得搬到熟食市場和餐廳裏的奶茶有點不一樣，酒店裏的更完全不是那個風味。後來嘗過不少奶茶，有印象深刻的，也有加了奶和糖還是感到不足的，偶然餘味還有點掩蓋不了的澀，是茶煮得太久了。其實也不能説茶不好，但和我想像中的總有點差異；或許説，跟茶檔提供給我的元素有點距離。

這個味道我亦無法複製。平時自己泡茶，試過不少牌子，只有一種，勉強合我心意，一直用到今天。疫情期間不能外出，交通工具停駛停航，我竟然不是太擔心糧食，而是茶快用完了，附近又找不到，心情很焦慮。網上搜尋，這家店並沒有郵購茶葉的服務，最後，忍不住央家人給我買了寄來。為了一杯茶，勞師動眾，真有點不好意思，但也沒辦法，我是連旅行都要帶着出門的，就怕目的地沒有我想喝的奶茶，那是蛋糕上的一顆櫻桃，缺了它整件事都不完美。這個壞習慣，我所有朋友都知道，去探望他們，都備了茶，叫我不用帶了。最講究的那陣子，我還自己調配茶葉煮茶，幾個不同的品種放到一起，搞半天，力求追上茶檔的水平，結果也不怎麼樣。只有一次，有個朋友送我兩罐斯里蘭卡紅茶，他在當地買的，最接近我理想中的味道。茶葉用完了，空罐子我也捨不得扔，說不定有天會去斯里蘭卡，得認住這個牌子。

然而這個味道的標準何來？說不定，只是我的幻想。要追尋這個源頭，應該就是童年時街口那個茶檔。它逐日提升我的嗅覺層次，加上後來的感官經驗，認為奶茶就得這樣。事實上，每個人都有自己的那杯茶，個人感到滿足，別人不一定認同。茶香越來越飄渺，淡到似有還無。我想，或許我的鼻子再不靈光，與茶無關，斤斤計較只是自尋煩惱。有時，也懷疑，世上根本無此味，全是我虛構的。誰知有一天，我在彌敦道上走着，無意中想起一個住在附近的朋友，打算順道去探望她。憑藉記憶穿街插巷，走了好遠，人和車漸見疏落，其實我走失了，不知去了哪裏。忽然間，飄來一陣溫暖的香氣，一浪接一浪的湧至，那麼熟悉，那麼親切，真是久違了，令我神魂顛倒，一下子回到好多年前，那聲色味翻騰的街口，攤販叫賣，有人要咖喱魚蛋有人要炸豆腐，鼎沸人語中夾雜了油鍋的滋滋響和碗碟的碰撞聲。電車看來也饞了，緩緩的剎停，鈍重的機器聲沒入雲吞麵檔瀰漫的煙霧中，煮得正濃的奶茶香氣滾滾，強烈的氣息像年節的爆竹那樣滿街奔放……我摸摸口袋，我有錢，可以去喝一杯！

後記

一本書，一點心意

朱少璋

你可以說「出版」這回事就是印書，也可以說為作者及讀者提供服務，也可以說：承擔文化責任。你可以說九千一百二十五日就是「廿五年」，也可以說「銀禧」，也可以說：四分一世紀。你可以說「編輯」就是出版社負責人之一，也可以說是文字工作者，也可以說：文化人。因此，你可以說，在出版社做了廿五年編輯無非為了餬口，但也可以說為了興趣，更可以說：為了肩負文化使命。

我和「匯智」的羅先生是中文系老同學份屬老友，在出版活動中更是老伙伴，合作無間。我一直以來看着由羅先生主理的出版社由成立到成長，又由成長到成功，除了暗暗歡喜外，閒談間偶爾也會提及出版社的驕人個案：「羅兄，匯智出呢本書真係有眼光！」羅兄一向低調：「哦，起碼幫到個作者，咁我都開心嘅。」回應，總是如此輕描淡寫。

「秋色在何許，浮嵐疊翠間」，也許就是這份輕淡，廿五年來「匯智」就像崇山疊翠間的浮嵐，把香港的出版風景襯綴得更靈動、更優雅、更富詩意。2023年出版社成立四分一世紀，不搞抽獎不搞送禮，始終決定踏踏實實地編一本散文合集；邀約一眾「匯智」作者一同見證「匯智銀禧」的大日子。感謝羅兄信任，囑我參與合編文集我當無推卻之理。你可以說這都是由於我好管閒事，也可以說因為我與羅兄交情深厚，也可以說：希望為讀者多編一本優質文集。

文集以「人」、「情」、「味」為創作關鍵詞，在書中，你可以看到有血有肉的人，也可以感受到亦深亦淺的情，也可以嘗到或嗅到似虛而實有的味；三者既分且合，你也許在文章中讀到了「人情」，也可能讀到了「情味」。我不稱本書為散文集，也不稱之為文學作品；我傾向將此書稱作「心意」——心意輕輕淡淡，是崇山疊翠間的浮嵐。

作者簡介

王良和，原籍浙江紹興，在香港出生。香港中文大學榮譽文學士，香港大學哲學碩士，香港浸會大學哲學博士，現任香港教育大學文學及文化學系副教授。曾獲第六屆和第八屆「中文文學創作獎」新詩組冠軍、第二屆「香港中文文學雙年獎」新詩組首獎及散文組推薦優秀獎、第七屆及第十三屆「香港中文文學雙年獎」小説組首獎。曾於「匯智」出版《文本的秘密——香港文學作品析論》、《打開詩窗——香港詩人對談》、《余光中、黃國彬論》，詩集《時間問題》，散文集《山水之間》、《魚話》、《女馬人與城堡》，短篇小説集《破地獄》。

呂永佳，香港詩人、影評人。先後畢業於保良局八三年總理中學，香港浸會大學中文系（哲學博士）及香港大學教育系（中文教育）。香港電影評論學會成員。歷任香港藝術發展局審批員（文學組）、青年文學獎、大學文學獎、城市文學獎評判。曾獲中文文學雙年獎、中文文學創作獎、青年文學獎、大學文學獎等。作品曾被翻譯成英文、韓文、日文等。曾於「匯智」出版詩集《無風帶》，散文集《午後公園》、《於是送你透明雨衣》。

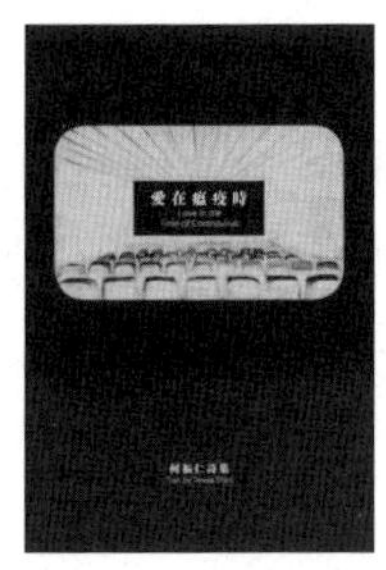

何福仁，香港作家、詩人。詩集《如果落向牛頓腦袋的不是蘋果》獲第四屆「香港中文文學雙年獎」（新詩組首獎），文集《那一隻生了厚繭的手》獲第九屆「香港書獎」，另與西西合著文化評論集《時間的話題：對話集》，獲第四屆「香港中文文學雙年獎」文學評論組推薦獎。曾於「匯智」出版文集《李斯文章——一個讀書人的選擇》，詩集《孔林裏的駐校青蛙》、《愛在瘟疫時》。

陳志堅，畢業於香港中文大學中國語言及文學系，後於中大獲教育文憑、文學碩士、教育碩士，現為中大教育博士候選人。此外，又擔任香港中文大學教育學院客席講師、香港城市大學中文及歷史學系客席講師，亦為中學副校長；同時，任青年文學獎、大學文學獎、城市文學獎等評審。個人書寫以散文、小説、文學評論為主，作品散見於報章專欄、文學雜誌等。曾於「匯智」出版短篇小説集《離群者》，與殷培基合編散文集《情味・香港》。

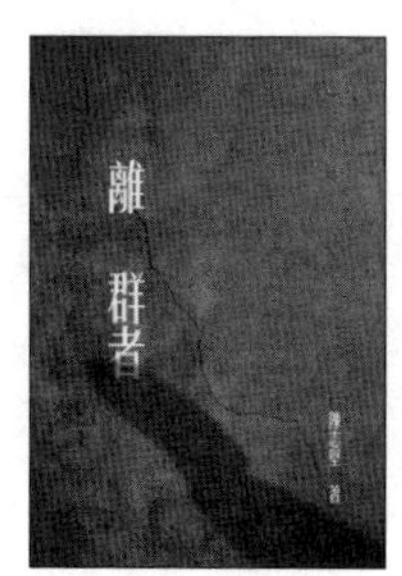

黃秀蓮，廣東開平人，香港中文大學崇基學院畢業。專欄作者，中文大學圖書館「九十風華帝女花——任白珍藏展」策展人。曾獲中文文學創作獎及雙年獎散文組獎項。文章〈膝行〉、〈上環古韻〉、〈追蹤白海豚〉、〈最憶大牌檔〉獲選入中學中國語文教科書。曾於「匯智」出版散文集《歲月如煙》、《風雨蕭瑟上學路》、《翠篷紅衫人力車》、《玉墜》等。

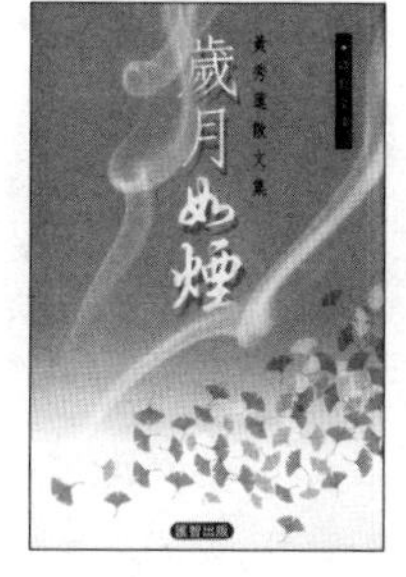

葉秋弦，香港中文大學中國語言及文學系文學碩士、國立臺灣師範大學國文學系學士。喜愛編書和創作，希望生活是文學。作品散見於《字花》、《城市文藝》、《香港文學》、《虛詞》等。曾於「匯智」出版散文集《綠皮火車》。

鄭政恆，《聲韻詩刊》《方圓》編委、香港電影評論學會會長。2013 年獲得香港藝術發展獎年度最佳藝術家獎（藝術評論）。2015 年參加美國愛荷華大學國際寫作計劃，現職嶺南大學環球中國文化高等研究院研究主任。曾於「匯智」出版新詩集《記憶後書》（獲「香港中文文學雙年獎」新詩組推薦獎），以及與梁秉鈞、陳智德合編的《香港文學的傳承與轉化》一書。

樊善標，香港出生、成長。畢業於香港中文大學中國語言及文學系，獲文學士、哲學碩士、哲學博士學位。曾於「匯智」出版《清濁與風骨——建安文學研究反思》。

鍾玲，廣州人，在台灣、美國、香港三地生活。台灣東海大學學士，美國威斯康辛大學麥迪遜校園比較文學博士。曾任教美國紐約州立大學艾伯尼校園、香港大學、台灣國立中山大學，另曾任香港浸會大學文學院院長、協理副校長，以及澳門大學鄭裕彤書院院長。為中西比較文學學者，亦為小說家、詩人。同時，又為香港浸會大學「紅樓夢獎：世界華文長篇小說獎」及國際作家工作坊之創辦人。曾於「匯智」出版詩集《霧在登山》、短篇小說集《鍾玲極短篇》、《鍾玲妙小說》。

辛其氏，原籍廣東順德，香港出生。1969 年初次投稿《中國學生周報》，文學團體「素葉」成員。著作《紅格子酒舖》獲第三屆「香港中文文學雙年獎」小說組首獎，《閒筆戲寫》獲第五屆「香港中文文學雙年獎」散文組首獎。曾於「匯智」出版散文集《藝情絮語》，獲第十四屆「香港書獎」。

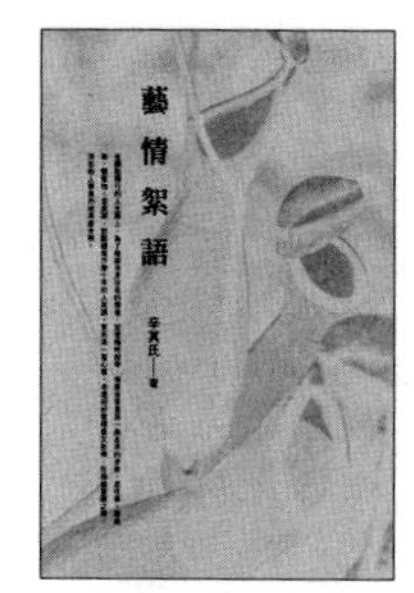

胡燕青，畢業於香港大學文學院。退休前任香港浸會大學語文中心副教授，設計並教授文學創作科目。目前為國際基督教機構聖經課程翻譯編輯，創作發表於香港各大文學雜誌。曾獲兩項中文文學創作獎冠軍；兩項基督教湯清文藝獎；三項「香港中文文學雙年獎」首獎。曾於「匯智」出版散文集《彩店》、《蝦子香》，詩集《夕航》、《無花果》、《木芙蓉》，短篇小說集《好心人》，長篇小說《小時代》。

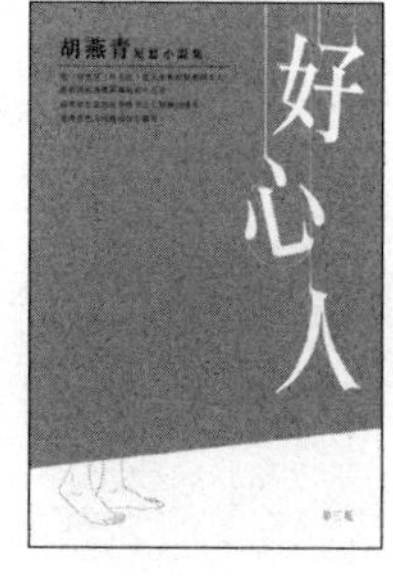

梁科慶，人文及創作系哲學博士（香港浸會大學），圖書館學碩士（Dalhousie University），文學碩士（嶺南大學），青少年文學作家，著有小說Q版特工系列、俠盜破奇案系列。作品獲得「香港中文文學雙年獎」、「中學生好書龍虎榜十本好書」、「香港教育城十本好讀」、全國偵探小說大賽最佳懸疑獎。曾於「匯智」出版《大時代裏的小雜誌：《新兒童》半月刊（1941-1949）研究》一書。

梁偉洛，筆名「可洛」，畢業於香港浸會大學中文系。寫作班導師。曾於「匯智」出版短篇小說集《她和他的盛夏》。

麥樹堅，香港浸會大學中國語言文學系畢業，現為大學講師。曾於「匯智」出版散文集《對話無多》、《目白》、《絢光細瀧》和《板栗集》，詩集《石沉舊海》，合編《起點》和《途上》。其中，《絢光細瀧》獲第十四屆中文文學雙年獎散文組首獎。

麥華嵩，香港長大，大學畢業後愛上寫作，主要作品包括小說、散文和藝術評賞。刻下居於英國，現為英國劍橋大學商學院教授及副院長。曾於「匯智」出版散文集《聽濤見浪》、《眸中風景》，短篇小說集《浮世蜃影》，長篇小說《回憶幽靈》、《繆斯女神》、《死亡與阿發》、《天方茶餐廳夜譚》，以及音樂著作《永恒的瞬間：西方古典音樂小史及隨筆》。

曾詠聰，煩惱詩社創社成員，曾獲中文文學創作獎、青年文學獎、大學文學獎等詩組冠軍，亦曾任城市文學獎、香港伍倫貢文學獎、蒲公英文學獎等詩組及散文組評審。現職中學教師。曾於「匯智」出版詩集《戒和同修》、散文集《千鳥足》。

葛亮，作家，學者。香港大學博士畢業。現任香港浸會大學中文系教授。文學作品出版於兩岸三地。曾獲魯迅文學獎、「華文好書」評委會特別大獎、曹雪芹華語文學大獎、香港書獎、香港藝術發展獎、聯合文學小説獎首獎、梁實秋文學獎等獎項。長篇小説代表作兩度獲選「亞洲週刊華文十大小説」。另又獲頒「海峽兩岸年度作家」、《南方人物周刊》「年度中國人物」。曾於「匯智」出版短篇小説集《相忘江湖的魚》。

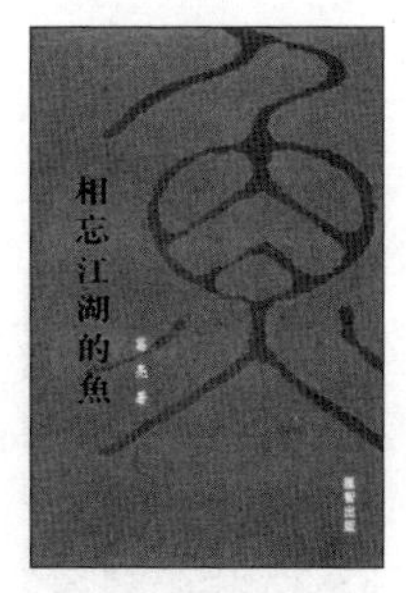

朱少璋，香港作家，現職大學高級講師。散文作品多次獲頒「香港中文文學雙年獎」:《灰闌記》(第十屆首獎)、《隱指》(第十一屆推薦獎)、《梅花帳》(第十三屆首獎、第二屆「香港金閱獎」)；榮獲第十五屆藝發局「藝術家年獎」(藝術評論)。曾於「匯智」出版《説亮話》、《聆聽學》、《規矩與方圓：從經典作品學習寫作》、《魚雁志：應用文措辭例話及文化趣談》、《井邊重會：唐滌生《白兔會》賞析》、《海上生明月：侯汝華詩文輯存》、《黃絹初裁：劉以鬯早期文學作品事證》等書。

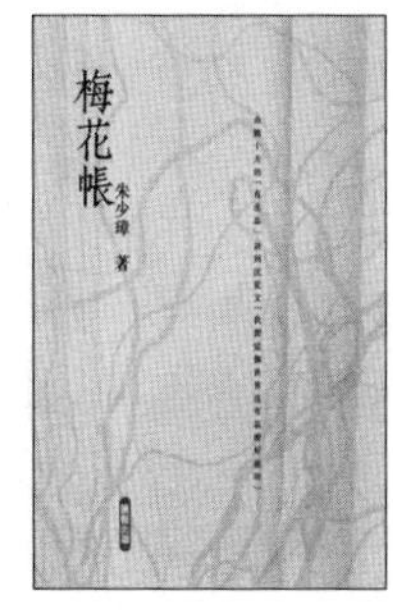

黃志華，香港嶺南大學文化研究碩士，資深中文歌曲評論人。新世紀以來，積極研究香港早期粵語歌調的文化與歷史，梳理有關粵語流行曲創作的理論，有關的著作已達二十種。曾於「匯智」出版《呂文成與粵曲、粵語流行曲》、《周聰和他的粵語時代曲時代》、《粵語歌詞創作談》、《實用小曲作法》、《香港歌詞導賞》(合著)、《香港歌詞八十談》(合著)、《詞家有道：香港十九詞人訪談錄》(合著)等等。

張婉雯，香港作家，曾獲第二十五屆聯合文學中篇小說獎首獎、時報文學獎短篇小說評審獎、中文文學創作獎小說組優異獎。曾於「匯智」出版短篇小說集《微塵記》(獲第十五屆「香港中文文學雙年獎」小說組推薦獎、第十一屆「香港書獎」)、《那些貓們》(獲第十六屆「香港中文文學雙年獎」小說組推薦獎)，散文集《你在——校園貓的故事》。

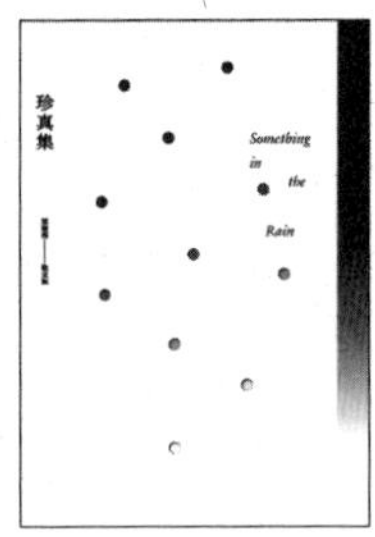

梁璇筠，現職作家、詩人、中學教師。香港中文大學學士及碩士。曾獲青年文學獎、大學文學獎。另亦曾擔任香港中文文學創作獎、青年文學獎、城市文學獎評審。創作遍及小說、散文、新詩。曾於「匯智」出版散文集《珍真集》。

游欣妮，喜歡寫作、手作、閱讀等。畢業於香港浸會大學中國語言文學系，現職中學教師兼圖書館主任。曾獲香港中文文學創作獎、大學文學獎、香港出版雙年獎、香港教育城「十本好讀」中學生及教師推薦好書、中學生好書龍虎榜「十本好書」、中學生好書龍虎榜「中學生最喜愛作家」、香港教育城「中學生最喜愛作家」、香港中文文學雙年獎等。曾出版散文集、新詩集、短篇小説集等十餘種。曾於「匯智」出版新詩集《紅豆湯圓》。

劉偉成，香港土生土長，香港浸會大學人文及創作系哲學博士，現職香港牛津大學出版社副編務總監，為香港浸會大學兼任導師（教授寫作、編輯與出版的技巧）。曾獲多屆青年文學獎、香港中文文學創作獎獎項。2017 年獲邀赴美參加愛荷華大學的國際作家工作坊。曾於「匯智」出版散文集《持花的小孩》（獲「香港中文文學雙年獎」散文組推薦獎）、《翅膀的鈍角》，詩集《陽光棧道有多寬》（獲「香港中文文學雙年獎」新詩組首獎）。

潘步釗，廣東梅縣人，香港出生。香港浸會大學文學士、中山大學文學碩士、香港大學中文系哲學碩士及博士。曾任課程發展議會中國語文教育委員會主席、香港考試及評核局中學文憑試中國文學科科目委員會主席。另外，亦曾為中學校長。創作以散文及新詩為主。曾於「匯智」出版散文集《邯鄲記》、《美哉少年》、《傳家之寶》，詩集《不老的叮嚀》，書評集《讀書種子》，以及《脂粉與顏色——散文寫作技巧談》、《五十年欄杆拍遍——唐滌生粵劇劇本文學探微》、《六十年欄杆再拍——從中國戲曲文學史説唐滌生》、《粵劇與中華文化》等書。

黎翠華，香港出生，法國國立東方語言文化學院碩士。1979年獲第六屆青年文學獎新詩組優異獎。1987年獲中文文學創作獎小說組首獎。1988年獲臺灣中央日報短篇小說佳作獎。近年創作多發表於《香港文學》、《香港作家》及《文學世紀》等期刊。曾於「匯智」出版散文集《左岸的雨天》、《尋夢者》、《瞬間》，短篇小說集《記憶裁片》、《浮生拾記》；其中，《記憶裁片》獲第十三屆「香港中文文學雙年獎」小說組推薦獎。